에이스가 되자

WISHBOOKS MODERN FANTASY STORY

한지훈 장편소설

겁 없는 루키

에이스가 되자 3

한지훈 장편소설

초판 1쇄 찍은 날 | 2017년 6월 7일
초판 1쇄 펴낸 날 | 2017년 6월 14일

지은이 | 한지훈
펴낸이 | 예경원

기획 | 위시북스
편집책임 | 박우진
편집 | 이즈플러스

펴낸곳 | 예원북스
등록번호 | 제396-2012-000132호
등록일자 | 2012. 7. 25
KFN | 제1-111호

주소 | 경기도 고양시 일산동구 호수로 646-24 위너스21 II 빌딩 206A호 (우)10401
전화 | 031-819-9431 팩스 | 031-817-9432
E-mail | yewonbooks@naver.com

ISBN 979-11-6098-311-1 04810
979-11-6098-231-2 (set)

※ 이 도서의 국립중앙도서관 출판시도서목록(CIP)은 서지정보유통지원시스템 홈페이지(http://seoji.nl.go.kr)와 국가자료공동목록시스템(http://www.nl.go.kr/kolisnet)에서 이용하실 수 있습니다.

에이스가 되자
WISHBOOKS MODERN FANTASY STORY
한지훈 장편소설
겁 없는 루키
3
KOREA
Wish Books

에이스가 되자

CONTENTS

13장 쇼케이스(1)	7
14장 쇼케이스(2)	41
15장 뜨거운 감자(1)	75
16장 뜨거운 감자(2)	109
17장 콜업(1)	151
18장 콜업(2)	195
19장 코리안 건(1)	229
20장 코리안 건(2)	253

13장
쇼케이스(1)

1

"젠장, 대체 뭐가 어떻게 된 거야?"

통화를 마친 앤디 프리드먼 사장이 이맛살을 구겼다. 그러자 때마침 건너편 소파에 앉아 있던 파렐 자이디 단장이 고개를 쏙 빼며 말을 받았다.

"무슨 전화인데 그래요?"

"마크가 이번 쇼케이스에 참석하겠다는군."

"마크 구단주가요? 왜요?"

"그걸 내가 어떻게 알아!"

앤디 프리드먼 사장이 버럭 화를 냈다.

마크 윌리엄 구단주는 평소 구단의 행사에 이렇다 할 관심이 없었다. 지난주에 다저스의 미래라 평가받는 야디에르 알베스의 쇼케이스 사실을 알렸을 때도 시큰둥한 반응이었다. 마치 바쁜 자신이 그런 일을 일일이 챙길 여유는 없다는 것처럼 말이다.

그런데 갑작스럽게 전화를 걸어서는 쇼케이스에 참석하겠다는 뜻을 밝혔다. 그것도 상당히 불만스러운 목소리로 말이다.

"대체 뭐가 문제지?"

앤디 프리드먼 사장의 시선이 다시 파렐 자이디 단장에게 향했다. 하지만 파렐 자이디 단장이라고 해서 마크 윌리엄 구단주의 속내를 들여다볼 방도는 없었다.

"야디에르 알베스에게 필요 이상으로 지출했다고 생각하는 건 아닐까요?"

파렐 자이디 단장이 조심스럽게 추측했다.

다저스는 작년과 올해 쓸 만한 쿠바 유망주를 쓸어 담으면서 해외 스카우팅 보너스를 일찌감치 소진했다. 그 결과 야디에르 알베스에게 주는 계약금만큼의 사치세를 내야 하는 형편이었다.

아직 계약이 공식 발표되진 않았지만 양키즈가 최고 구속 100mile/h의 포심 패스트볼을 던지는 19살의 어린 선수를 잡기 위해 지불한 금액은 자그마치 2,500만 달러. 양키즈가 적당한 타이밍에 발을 빼면서 3,000만 달러를 넘기는 불상사는 일어나지 않았지만 사치세까지 포함했을 때 지출 금액은 5,000만 달러에 달했다.

"그게 왜? 대체 뭐가 문제인데?"

"우리 기준에서는 문제될 게 없죠. 아니, 마크 구단주도 타 구단과 경쟁하며 좋은 유망주를 데려오기 위해서는 어느 정도 출혈이 따를 수밖에 없다는 것 정도는 알고 있을 겁니다. 하지만 솔직히 야디에르 알베스는 좀 많이 줬잖아요."

"이게 다 망할 양키즈 놈들 때문이잖아!"

"어쨌든 구단주가 사치세 붙은 가격표를 봤다면 불만을 가질지도 모르죠."

"그건 야구를 볼 줄 모르는 놈들의 숫자 노름일 뿐이야!"

앤디 프리드먼 사장이 가당치도 않다며 잘라 말했다.

메이저 리그 30개 구단의 목표는 단 하나, 월드 시리즈 우승이다. 그러기 위해 다른 구단보다 더 좋은 선수를 보유할 필요가 있다.

올 시즌 내셔널 리그 서부 지구에서 우승하긴 했지만 다저스의 현 마운드 상태는 처참하기만 했다.

믿었던 슬레이튼 커쇼는 부상으로 신음했고 3년에 4,800만 달러를 주고 데려 온 스캇 카이저는 고작 136이닝(10승 6패, 평균 자책점 4.56)밖에 던지지 못했다.

그나마 마에다 케이타가 팀 최다승(16승)과 최다 이닝(175), 최다 탈삼진(179)을 기록하며 제 몫을 다해주었지만 슬레이튼 커쇼-맥 그래인키 원투펀치가 서로 사이영 상을 차지하겠다며 다투던 지난 시즌들과 비교했을 때 격세지감이 느껴질 정도였다.

이런 상황에서 다저스의 미래를 책임질 만한 유망주에게 과감히 투자하는 건 당연한 결과였다.

투수진이 포화 상태라 교통정리가 필요한 상황이라면 또 모르겠지만 누가 언제 퍼져 버릴지 모르는 현시점에서 사치세 좀 물었다고 깐깐하게 구는 건 제아무리 구단주라 해도 받아주기 어려웠다.

"너무 그렇게 부정적으로만 생각하진 말아요. 어쩌면 잘된 일인지도 모르잖아요."

"잘된 일이라고?"

"마크 구단주도 야디에르 알베스를 본다면 분명 반할 겁니다. 어쩌면 맥 그래인키의 장기적인 대체자라고 좋아할지도 모르고요."

"아무리 그래도 맥 그래인키와 야디에르 알베스는 느낌이 전혀 다르잖아."

"스타일을 말하는 게 아니라 무게감을 말하는 겁니다. 전 야디에르 알베스라면 3년 이내에 슬레이튼 커쇼의 뒤를 받쳐 줄 만큼 성장할 거라 믿거든요. 그건 앤디도 마찬가지 아니에요?"

"그러니까 욕먹을 걸 각오하고 그 많은 돈을 쥐어준 거 아냐?"

"그럼 이번 쇼케이스 준비 잘 하자고요. 마크 구단주가 고개를 끄덕거리면 더 이상 불만도 나오지 않겠죠. 안 그래요?"

"후우……."

앤디 프리드먼 사장도 이내 주억였다. 깐족거리는 게 얄밉긴 했지만 파렐 자이디 단장의 말은 그럴듯했다. 이번 쇼케이스를 잘 활용한다면 마크 윌리엄 구단주의 신뢰도 회복할 수 있을 것 같았다.

"내일 당장 데려올 수 있는 타자가 누가 있지?"

"글쎄요. 연락을 해봐야겠지만 거의 없지 않을까요?"

"푸이그는 어때?"

"푸이그라면 오긴 하겠지만 썩 좋아하진 않을 텐데요."

"그래도 5천만 달러나 썼는데 그럴듯한 그림을 그려봐야지."

"하기야 마이너 리그 타자 몇 명 상대하는 것 보다 푸이그가 낫긴 하죠."

"그래, 푸이그라면…… 좋은 그림이 될 거야."

앤디 프리드먼 사장이 씩 웃었다. 지금쯤 한창 체중이 불어나 있을 야르엘 푸이그라면 야디에르 알베스의 좋은 먹잇감이 되어줄 것 같았다.

"그러다 푸이그가 정말로 다저스를 떠난다고 하면 어떻게 하죠?"

"어떻게 하긴 뭘 어떻게 해. 보내야지."

"한 1년 정도 더 데리고 가려던 거 아니었어요?"

"푸이그를 제값 받고 팔기는 틀려먹었어. 그렇다면 더 손해 보기 전에 처리해야지."

파렐 자이디 단장은 앤디 프리드먼 사장의 잔인함에 입이 썼다. 하지만 그렇다고 해서 야르엘 푸이그를 두둔할 생각은 없었다.

누가 뭐래도 야르엘 푸이그는 현 다저스의 잉여 전력이었다. 한창 때의 실력이 나와 준다면 다저스에 큰 도움이 되겠지만 그러지 못한다면 다른 구단의 유니폼을 입는다 해도 크게 아쉬울 게 없었다.

"그럼 그 녀석은 어떻게 하죠?"

"그 녀석이라니?"

"제리가 데려 온 그 한국 선수 있잖아요."

"박?"

"네, 그 박이요."

분위기를 환기시키듯 파렐 자이디 단장이 박건호를 언급했다.

그러자 앤디 프리드먼 사장의 표정이 다시 굳어졌다.

본래 앤디 프리드먼 사장은 박건호와 야디에르 알베스의 합동 쇼케이스를 계획하고 있었다.

야디에르 알베스를 먼저 던지게 한 다음에 박건호를 마운드에 올려 제리 맥기 부단장의 안목을 철저하게 깨부숴 줄 생각이었다.

하지만 마크 윌리엄 구단주가 참관하는 쇼케이스를 그런 식으로 진행할 수는 없는 노릇이었다.

"취소해 버려."

"그게 어려울 것 같습니다."

"어렵다니?"

"이미 제리가 알아버렸거든요."

"젠장. 그럼 시간을 늦추거나 장소를 바꿔."

"시간을 늦추는 것보다는 장소를 변경하는 게 나을 것 같네요. 주변에 쇼케이스를 치를 만한 곳은 얼마든지 있으니까요."

"그래, 거기다 코치 한두 명 붙여서 지켜보라 그래. 어차피 랩터스로 보낼 거잖아."

앤디 프리드먼 사장이 짜증스럽게 말했다. 이제 와서 고작 박건호 따위를 신경 쓰고 싶지 않은 눈치였다.

게다가 쇼케이스 여부를 떠나 박건호의 행선지는 일찌감치 결정되어 있었다.

바로 랩터스.

다저스 산하 루키 리그에 속한 구단이었다.

한국에서 넘어온 고교 졸업자 대부분이 루키 리그부터 시작하니 특별히 지나친 처사는 아니다. 험난한 마이너 리그 생활을 견디기 위해서라도 루키 리그를 잠시 경험해 보는 것도 나쁘지 않다.

물론 제리 맥기 부단장은 박건호를 퀘이크스(하이 싱글 A)에 보내길 원했다. 한국의 드래프트에서 3라운드에 호명된 인재를 루키 리그에 처박아둘 이유가 없다는 것이었다.

그러나 앤디 프리드먼 사장의 입장은 단호했다.

첫해는 루키에서 시작해 싱글 A까지.

그다음 해는 싱글 A에서 시작해 하이 싱글 A까지.

그다음 해에 더블 A 이상으로.

고작 한국의 고교 야구 투수에게 실력 이상의 기회를 안겨줄 생각은 없었다.

"알겠습니다."

파렐 자이디 단장도 주억거렸다. 박건호의 에이전트가 이 사실을 안다면 펄쩍 뛰겠지만 5,000만 달러짜리 선수와 35만 달러짜리 선수를 동등하게 대우하는 것도 우스울 노릇이다.

"구단주께서 오신다니까 제대로 준비하도록!"

파렐 자이디 단장의 지휘 아래 다저스 스타움에 그럴 듯한 쇼케이스 무대가 만들어졌다.

"구단주는 시즌 다 끝났는데 왜 온다는 거야?"

"그 쿠바에서 온 녀석 있잖아. 그 녀석 보러 오는 거겠지."

"100마일을 던진다는 그 녀석?"

"얼핏 들었는데 계약금을 엄청 받았다나 봐."

"얼마나 받았는데? 100만 달러? 200만 달러?"

"자세히는 몰라도 그 열 배는 될걸?"

"뭐? 열 배? 하아. 부럽군, 부러워. 나도 이럴 줄 알았으면 야구에 전념하는 건데."

"실없는 소리 말고 빨리빨리 움직이자고. 괜히 한 소리 듣지 말고."

쇼케이스 당일까지만 해도 구단 직원들은 야디에르 알베스가 오늘의 주인공이 될 거라고 여겼다.

아침 일찍 다저스 스타디움에 도착한 야디에르 알베스도 같은 생각이었다. 구단의 부름으로 엉겁결에 쇼케이스를 돕게 된 야르엘 푸이그도 마찬가지. 적어도 자신을 위한 무대가 아니라는 걸 인지한 듯 불만 가득한 표정이었다.

"푸이그, 너무 기분 나빠 하지는 말라고. 선배로서 후배를 도와주는 그림 좋잖아. 안 그래?"

야디에르 알베스의 에이전트 라몬 소스레트가 야르엘 푸이그를 다독였다. 구단주가 직접 지켜보는 쇼케이스였다. 그 결과에 따라 야디에르 알베스의 메이저 리그 입성 시기가 결정될 가능성이 높았다.

라몬 소스레트는 가능하면 올 시즌이 지나기 전에 야디에르 알베스가 메이저 리그에 올라가길 바랐다. 그러기 위해서는 일단 메이저 리그에서 나름의 커리어를 쌓은 야르엘 푸이그를 압도할 만한 피칭을 선보여야 했다.

"푸이그, 좀 도와줘."

"걱정 마요. 이대로 돌아가지는 않을 테니까."

"아니, 그거 말고. 기왕 도와주는 김에 제대로 도와 달라고. 응?"

라몬 소스레트가 야르엘 푸이그를 구석으로 끌고 갔다. 그리고는 좋은 게 좋은 거라며 적당히 밀리는 척해 달라고 간절히 부탁했다.

"후우……."

무겁게 한숨을 내쉬던 야르엘 푸이그가 이내 고개를 끄덕였다. 다른 사람이었다면 단호하게 고개를 흔들었겠지만 자신도 한 번 신세를 진 적이 있는 라몬 소스레트의 부탁만큼은 도저히 외면할 수가 없었다.

"좋아요. 대신 야디에르에게 말해요. 내 자존심도 지켜 달라고."

"그야 물론이지."

야르엘 푸이그와 협상에 성공한 라몬 소스레트가 활짝 웃었다. 야르엘 푸이그만 도와준다면 마크 윌리엄 구단주에게 인정받는 것도 시간문제라고 여겼다.

하지만 그 웃음은 오래가지 않았다.

"라몬! 라몬!"

"왜 그래요? 무슨 일 있어요?"

"그게…… 일이 좀 꼬였어요."

"꼬이다니요? 설마 오늘 구단주가 못 오는 건가요?"

"아니, 구단주가 출발하긴 했는데…… 엉뚱한 곳으로 가버렸어요."

"엉뚱한 곳이라니요?"

"오늘 여기 말고 다른 곳에서도 테스트를 받는 투수가 한 명 있는데…… 착각하고 거기로 가버린 모양입니다."

구단 직원의 어처구니없는 변명 앞에 사람 좋은 라몬 소스레트의 얼굴이 일그러졌다.

구단주라는 작자가 다저스의 홈구장인 다저스 스타디움에서 열리는 쇼케이스를 내버려 두고 다른 곳으로 가버렸다니. 이건 자신을 엿 먹이겠다는 말과 별반 다를 게 없었다.

"이게 어떻게 된 일입니까!"

라몬 소스레트가 즉시 파렐 자이디 단장을 찾아가 따졌다. 그러나 파렐 자이디 단장도 이번 일에 대해 아는 게 없었다.

"일단 진정해요. 아무래도 전달에 착오가 있었던 것 같습니다."

"그게 말이 되는 소리입니까? 다저스 내부적으로 야디에르에 대해 불만이 많다던데 그것 때문에 이러는 거 아닙니까!"

"오해입니다. 절대 그런 일 없습니다. 단순 착오입니다. 이건 내가 단언할 수 있어요."

파렐 자이디 단장은 전달 과정에서 문제가 생긴 것이라고 굳게 믿었다. 설마하니 마크 윌리엄 구단주가 다른 목적을 가지고 박건호 쪽으로 갔으리라고는 조금도 의심하지 않았다.

"그걸 어떻게 믿을 수 있죠?"

"근처의 다른 구장에서 또 한 명의 투수가 테스트 받는다는 이야기는 들었죠?"

"그렇지 않아도 묻고 싶었습니다. 야디에르 말고 또 얼마나 대단한 선수를 영입한 겁니까?"

"하하. 라몬, 그 선수 몸값이 얼마인 줄 알아요?"

"얼마입니까? 3천만 달러쯤 됩니까?"

"35만 달러요."

"뭐, 뭐라고요?"

"3,500만 달러도 아니고 350만 달러도 아닌 35만 달러라고요. 이제 뭔가 실수인 것 같다는 생각이 들어요?"

순간 라몬 소스레트의 입에서 헛웃음이 터져 나왔다.

35만 달러.

일반인에게는 적잖은 금액일지 모르지만 메이저 리그를 꿈꾸는 이에게는 푼돈이나 다름없다.

"하아, 대체 뭐가 어떻게 된 건지 모르겠군요."

라몬 소스레트가 슬그머니 표정을 풀었다. 메이저 리그 최저 연봉보다 못한 금액을 받고 계약한 선수라면 자신이 이렇게 열 낼 이유가 없다고 여겼다.

"라몬, 날 믿고 조금만 기다려 줘요. 앤디가 구단주를 데리고 늦지 않게 돌아올 테니까."

파렐 자이디 단장도 애써 웃어 보였다. 앤디 프리드먼 사장이 직접 움직인 이상 마크 월리엄 구단주도 어쩔 수 없이 다저스 스타디움으로 돌아올 수밖에 없다고 여겼다.

하지만 다저스 스타디움 인근 야구장에서 펼쳐지는 모습은 파렐 자이디 단장의 생각과 전혀 달랐다.

퍼엉!

쏜살같이 날아온 공이 미트 속에 파묻혔다. 그와 동시에 한편에서 감탄이 터져 나왔다.

"좋네요. 확실히 좋아요."

선글라스를 낀 키 큰 사내가 주억거렸다.

"제 생각도 같습니다. 저 정도면 확실히 높은 레벨까지 올라갈 수 있을 것 같습니다."

릭 허니컴 투수 코치도 동의하듯 고개를 끄덕였다. 저 정도로 묵직하게 파고드는 포심 패스트볼이라면 실전에서도 요긴하게 써먹을 수 있을 것 같았다.

"그래? 확실히 좋다는 말이지?"

마크 윌리엄 구단주도 만족스러운 표정을 지었다. 선수를 보는 눈이 빼어나다 자부하긴 어렵지만 자신이 보기에도 박건호의 투구는 심상치 않았다.

하지만 뒤늦게 달려온 앤디 프리드먼 사장은 박건호를 인정할 생각이 전혀 없어 보였다.

"마크! 대체 여기서 뭘 하고 있는 겁니까?"

"뭘 하다니. 내가 말했잖아. 쇼케이스에 참석하겠다고."

"그럼 다저스 스타디움으로 왔어야죠! 모두가 당신을 기다리고 있단 말입니다!"

"이상하군. 내가 보고 싶다고 한 선수는 저 선수였는데 말이야."

마크 윌리엄 구단주의 시선이 다시 박건호에게 향했다. 그러자 앤디 프리드먼 사장이 헛웃음을 흘렸다.

마크 윌리엄 구단주가 야디에르 알베스에게 쥐어 준 5천만 달러 때문에 짜증이 난 건 충분히 이해할 수 있었다.

애당초 요청한 금액이 사치세를 포함해 3천만 달러 수준이었는데 추가로 2천만 달러가 늘어나 버렸으니 과잉 투자라 여기는 것도 무리는 아니다.

하지만 이런 식의 어깃장은 곤란했다.

어린애도 아니고 고작 35만 달러짜리 선수를 보기 위해 5천만 달러짜리 선수를 물 먹이겠다니. 메이저 리그 최고 인기 구단 중 하나인 다저스의 구단주답지 않은 행동이었다.

"마크, 알았어요. 야디에르 알베스를 데려오는 데 약간의 실수가 있었다는 점 인정합니다. 그래도 실력은 확실한 친구입니다. 19살에 불과한데 벌써 100마일을 던진다고요. 야디에르 알베스의 별명이 뭔 줄 알아요? 오른손 채프먼이에요. 그만한 가치가 있는 선수라고요."

앤디 프리드먼 사장이 19살이라는 나이와 100mile/h(≒160.9㎞/h)이라는 숫자를 강조했다. 그 작전이 통했는지 마크 윌리엄 구단주의 시선이 다시 앤디 프리드먼 사장 쪽으로 움직였다.

"100마일이라고?"

"이대로만 성장한다면 채프먼의 구속을 깰지도 몰라요."

"그게 가능해?"

"가능성은 충분합니다."

마이너 리그에서도 100mile/h의 빠른 공을 던지는 투수는 적지 않다. 하지만 그중에 19살은 손에 꼽힐 정도였다.

기량이 완숙기에 접어든 시점에서의 100mile/h과 아직 발전 가능성이 무궁무진한 때의 100mile/h은 의미가 다르다.

야디에르 알베스가 다저스에서 자신의 재능을 마음껏 꽃피운다면 컵스의 우승을 이끈 아롤디르 채프먼처럼 106mile/h(≒170.6km/h)의 공을 던지게 될지도 몰랐다.

"모렐, 자네 의견은 어때?"

마크 윌리엄 구단주가 선글라스를 낀 사내에게 의견을 구했다. 그러자 사내가 선글라스를 천천히 벗으며 입을 열었다.

"야디에르 알베스의 재능은 확실히 훌륭합니다. 프리드먼 사장의 말처럼 아롤디르 채프먼만큼 성장할지도 모르죠. 하지만 제 눈에는 박의 재능도 충분히 뛰어나 보입니다. 무리하지 않고도 95마일에서 96마일의 공을 꾸준히 던져 주고 있으니 100마일 그 이상도 충분히 가능할 것 같습니다."

"……!"

갑작스런 불청객의 난입에 앤디 프리드먼 사장은 세 번 놀랐다.

처음으로 놀란 건 어딘지 모르게 낯익었던 사내의 정체를 확인했을 때였다.

모렐 허샤이저.

1988년 사이영 상과 월드 시리즈 MVP를 차지한, 다저스의 레전드 투수였다.

모렐 허샤이저가 마크 윌리엄과 개인적인 친분이 있다는 이야기는 얼핏 들은 적이 있었다. 하지만 고작 35만 달러짜리 선수를 보기위해 그가 직접 시간을 낼 것이라고는 미처 생각하지 못했다.

그것만으로도 충분히 당혹스러운데 모렐 허샤이저의 입 밖으로 흘러나오는 말이 앤디 프리드먼 사장을 연거푸 놀라게 만들었다.

자신이 거들떠보지도 않았던 박건호가 95~6mile/h의 포심 패스트볼을 꾸준히 던진다는 사실에 앤디 프리드먼 사장은 속으로 경악을 금치 못했다.

그것으로도 모자라 100mile/h을 던질 수 있는 재능이 보인다는 평가가 덧붙자 자존심도 내버린 채 박건호 쪽으로 고개를 돌리고 말았다.

앤디 프리드먼 사장이 알기로 박건호는 좌완 투수였다.

100mile/h을 던지는 좌완.

그 가치는 동일한 구속의 공을 던지는 우완보다 훨씬 높을 수밖에 없다.

"자, 잠깐만요."

뒤늦게 정신을 차린 앤디 프리드먼 사장이 일단 자리를 피했다. 그러고는 비서를 불러 태블릿을 가져오라고 주문했다.

파렐 자이디의 말에 따르면 박건호는 최고 구속 95mile/h을 던지는 평범한 재능의 투수였다.

최고 구속이란 말 그대로 어쩌다 한 번 찍히는 공에 지나지 않았다. 평균 구속이 최고 구속보다 3mile/h 이상 떨어진다고 가정했을 때 박건호의 가치는 최대 92mile/h(≒148.1㎞/h)짜리 투수에 지나지 않다.

물론 92mile/h을 던지는 좌완 투수도 충분히 매력적이긴 하다. 아무런 매력조차 느끼지 못했다면 35만 달러짜리 계약을 승인하지도 않았을 것이다.

다만 최고 구속 100mile/h을 뽐내는 야디에르 알베스처럼 다저스의 마운드에 큰 보탬이 될 거라는 기대는 들지 않았다.

파렐 자이디 단장은 박건호가 낯선 환경에 잘 적응해 준다 해도 좌완 불펜 투수 이상으로 성장하긴 어려울 거라고 단언했다. 오히려 마이너 리그를 전전하다 한국으로 유턴할 가능성이 높다고 판단했다.

그런데 레인저스의 투수 코치를 역임한 모렐 허샤이저의 평가는 전혀 달랐다. 메이저 리그에서도 쉽게 찾아보기 어려운, 100mile/h을 던지는 좌완 투수로 성장할 가능성이 있다고 말했다.

과연 어느 쪽 평가가 옳은 것일까.

"여기 있다."

사실 확인을 위해 앤디 프리드먼 사장은 스카우터로부터 오래전에 받았던 박건호의 스카우팅 리포트를 불러냈다.

박건호(2016.10, 스카우트 총괄 게이브 폴리 작성)

패스트볼 40/50

커브 35/45

슬라이더 40/50

체인지업 40/50

컨트롤 40/50

2015년에 비해 2016년에 실력이 늘어남. 하지만 꾸준함은 미지수. 전반기 휴식 덕분에 전체적으로 공이 좋아짐. 체력은 준수한 편.

패스트볼 구속은 89~95mile/h 정도. 전체적으로 선발보다는 불펜에 어울림.

올해 데이터가 부족해 작년의 데이터를 다수 인용.

"그래, 이거였어."

스카우트 총괄인 게이브 폴리가 작성한 스카우팅 리포트 속 박건호는 파렐 자이디 단장의 평가와 별반 다르지 않았다. 올해 조금 좋아지는 모습을 보여주긴 했지만 그것만으로는 성공을 장담하기 어렵다는 것이었다.

이 보고서를 처음 받았을 때 앤디 프리드먼 사장은 숫자에 주목했다.

패스트볼의 평균 구속이 89mile/h(≒143.2km/h)에서 95mile/h(≒152.9km/h) 사이라는 것, 그리고 그 패스트볼의 가치가 고작 40점이라는 것.

20－80 스케일 평가에서 40점은 메이저 리그 평균 이하를 의미한다.

25인 로스터에는 들 수 있겠지만 잘해야 5선발, 혹은 적절한 불펜 투수. 스몰 마켓 팀에 간다면 주전 자리를 운 좋게 꿰찰지 모르겠지만 스타플레이어가 즐비한 다저스에서는 메이저 리그가 될 가능성이 희박하다는 이야기였다.

게다가 발전 가능성도 50점에 불과했다. 50점은 리그 평균 이상의 4선발급 혹은 셋업맨 정도.

박건호가 언제쯤 가능성을 만개할지는 모르겠지만 평가 점수만 놓고 봤을 때 눈여겨둘 만한 선수는 분명 아니었다.

그래서 앤디 프리드먼 사장은 가장 중요한 한 줄의 부연 설명을 간과하고 말았다.

올해 데이터가 부족해 작년의 데이터를 다수 인용.

다시 말해 작년의 데이터를 기반으로 한 스카우팅 리포트라는 소리였다.

"일처리를 왜 이따위로 한 거야!"

앤디 프리드먼 사장이 입술을 깨물었다. 하루가 다르게 성장하는 게 유망주인데 올해 데이터가 부족하다는 이유로 작년 데이터를 집어넣었다니.

이래서는 박건호에 대해 제대로 평가를 할 수 없다.

"저 녀석을 처음 찾아낸 게 누구야?"

"그린일 겁니다."

"그린한테 연락해서 내 메일로 저 녀석의 스카우팅 리포트를 보내라고 해. 지금 당장!"

"알겠습니다."

수행비서가 재빨리 어딘가로 전화를 넣었다. 그리고 잠시 후, 앤디 프리드먼 사장의 메일함이 반짝였다.

앤디 프리드먼 사장은 곧바로 그린의 메일에 첨부된 스카우팅 리포트를 클릭했다.

그 순간.

"……!"

조금 전과는 전혀 다른 스카우팅 리포트가 떠올랐다.

박건호(2016.08, 아시아 지역 담당 스카우터 맥 그린 작성)

패스트볼 55/70

커브 40/55

슬라이더 50/65

체인지업 50/60

컨트롤 50/65

2015년에 비해 2016년 투구 능력이 대폭 향상됨.

투구 폼을 바꾸면서 제구 및 무브먼트 능력 상승(부상 위험도 낮아짐).

체력 우수함. 선발 유형. 탈삼진 능력 양호.

위기 상황에서 강한 만큼 불펜으로도 좋은 활약 기대.

공식전 데이터가 3경기뿐이지만 2015년 데이터를 참고한다면 충분한 가치를 평가할 수 있음.

포심 패스트볼 평균 구속 95~96mile/h.

"젠장할!"

맥 그린의 보고서를 확인한 앤디 프리드먼 사장이 입술을 질근 깨물었다. 보아하니 공식전 데이터가 적다는 이유로 게이브 폴리가 멋대로 2015년도 데이터를 섞어버린 모양이었다.

게다가 게이브 폴리는 맥 그린의 보고서도 제대로 살피지 않았다.

맥 그린이 보고한 박건호의 포심 패스트볼의 평균 구속은 95mile/h(≒152.9km/h)에서 96mile/h(≒154.5km/h). 이걸 최고 구속으로 판단하고 최종 스카우팅 리포트를 작성한 게 틀림없었다. 그것도 낮은 쪽을 기준으로 잡아서 말이다.

최고 구속이 95mile/h인 투수와 평균 구속이 95mile/h인 투수는 레벨이 다르다.

전자는 40~45점대의 평범한 투수로 평가받겠지만 후자는 50점 이상의 수준급 투수로 분류된다.

실제 맥 그린은 박건호의 패스트볼 점수를 55점이나 주었다. 현재 박건호의 포심 패스트볼이 메이저 리그 평균 이상이라고 판단한 것이다.

게다가 잠재 점수는 무려 70점을 주었다.

70점은 확실한 2선발급 투수나 마무리 투수에게 어울리는 점수였다.

고작 3경기를 보고 내린 평가인 걸 감안하면 지나친 평가라고 단정 지었겠지만 앤디 프리드먼 사장은 그럴 수가 없었다.

다저스의 레전드 모렐 허샤이저 역시 맥 그린과 똑같은 의견을 보여주었기 때문이다.

물론 아직까지도 야디에르 알베스가 박건호보다 가치 있는 유망주라는 생각에는 변함이 없었다. 그 격차가 급격하게 줄어들었다 하더라도 야디에르 알베스는 5천만 달러를 쓰고 데려온 투수다.

고작 35만 달러짜리 투수를 야디에르 알베스에게 가져다 붙이는 건 말이 되지 않는다고 여겼다.

하지만 적어도 게이브 폴리의 스카우팅 리포트만 믿고 박건호를 무시해서는 안 된다는 생각도 들었다.

"좋아, 어디 얼마나 잘 던지나 두고 보자고."

앤디 프리드먼 사장이 입술을 질근 깨물었다. 그러고는 아무 일도 없었다는 것처럼 마크 월리엄 구단주에게 다가갔다.

그런데 잠깐 사이에 당혹스러운 불청객이 한 명 늘어나 있었다.

코일 시거.

올 시즌 0.308의 타율과 26개의 홈런포를 때려 낸 다저스의 미래를 책임질 선수 중 한 명이다.

"코일, 자네가 여긴 어떻게 온 거야?"

"와우, 앤디도 있었던 거예요?"

"어떻게 된 일이냐니까."

"마크 구단주가 부탁을 해서요."

"부탁?"

"괜찮은 유망주가 들어왔는데 실력을 테스트하게 도와줄 수 있냐고 했거든요. 그렇지 않아도 몸이 찌뿌듯해서 냉큼 승낙했죠."

코일 시거가 씩 웃었다.

'어찌한다.'

앤디 프리드먼 사장이 잠시 고심했다. 제아무리 마크 윌리엄 구단주라 해도 팀의 간판이 될 선수를 비시즌에 함부로 부려먹는 건 있을 수 없는 일이다.

하지만 월드 시리즈 진출 실패를 슬레이트 커쇼만큼이나 안타까워했던 코일 시거가 기꺼운 마음으로 이 자리에 온 거라면 이야기는 달랐다.

게다가 자신 또한 야디에르 알베스의 쇼케이스를 위해 야르엘 푸이그를 불러냈으니 대놓고 문제를 제기할 자격이 없었다.

"괜찮겠어? 살이 좀 붙은 거 같은데."

앤디 프리드먼 사장이 에둘러 코일 시거를 걱정했다. 괜히 이런 일에 나섰다가 부상이라도 당하면 다저스 입장에서 큰 손해일 수밖에 없다.

그러나 젊은 탓일까.

"하하, 지금 날 걱정해 주는 거예요? 난 이제 스물하나라고요, 앤디."

코일 시거는 대수롭지 않게 웃어넘겨 버렸다.

"저 녀석 공이 만만치 않아."

"저도 봤어요. 슬라이더가 제법 날카롭던데요?"

"슬라이더? 포심 패스트볼이 아니고?"

"방금 전에 슬라이더를 몇 개 던지던데 못 봤어요?"

"어쨌든 절대 무리는 하지 마. 무슨 소리인지 알지?"

"앤디, 난 멀쩡해요. 걱정하지 말라니까요."

앤디 프리드먼 사장의 노파심을 뒤로한 채 코일 시거가 방망이를 빼 들었다. 그러자 박건호의 얼굴에 묘한 웃음이 번졌다.

"코일 시거잖아."

다저스의 모든 경기를 챙겨본 건 아니지만 코일 시거가 얼마나 대단한 선수인지는 박건호도 잘 알고 있었다.

큰 체격에 힘과 정확도 거기에 어느 정도 인내심까지 갖춘 선수. 투수 입장에서는 상대하기 가장 까다로운 유형의 타자다.

'어떻게 상대해야 하지?'

박건호는 잠시 생각을 정리했다.

일단 오늘 가장 잘 들어가는 공은 포심 패스트볼이었다. 슬라이더도 나쁜 편은 아니었고 체인지업도 원하는 코스대로 잘 들어갔다.

문제는 커브.

공인구에 나름 적응을 끝냈나 싶었는데 미국으로 넘어온 이후로 제구가 다시 흔들리기 시작했다.

마크 윌리엄 구단주에게 좋은 모습을 보여주려면 커브를 제외한 나머지 구종으로 코일 시거를 상대하는 게 옳았다. 하지만 그렇게 될 경우 포심 패스트볼의 장점을 살리는 데 한계가 있었다.

코일 시거의 모습을 확인하고 다급히 마운드로 올라온 브라이언 최의 생각도 크게 다르지 않았다.

"얻어맞는 걸 두려워하지 마십시오. 상대는 코일 시거입니다. 박건호 선수는 충분히 좋은 재능을 갖췄지만 코일 시거는 그 재능을 터뜨린 선수입니다. 미안한 말이지만 그 격차는 분명 존재할 겁니다. 그걸 인정하지 못한다면 좋은 결과를 만들어내기 어렵습니다."

"커브를 써도 될까요?"

"물론입니다. 좋은 커브를 던지지 못하는 것과 커브를 던지지 않는 건 엄청난 차이입니다. 박건호 선수는 좋은 포심 패스트볼을 가지고 있습니다. 박건호 선수가 동경하는 슬레이튼 커쇼처럼 좋은 커브를 던진다면 더 좋겠지만 그렇지 못하다고 해서 커브를 버릴 이유는 전혀 없습니다. 아마 코일 시거 선수도 박건호 선수의 커브를 노리지는 않을 겁니다. 그러니 후회 없이 던지십시오. 그럼 됩니다."

"네, 그렇게 할게요."

브라이언 최가 박건호를 독려하고 마운드를 내려갔다. 그러자 이번에는 포수 조나단이 실실 웃으며 박건호에게 다가왔다.

파란 눈에 금발. 여자깨나 후릴 것 같은 느끼한 외모까지. 생긴 건 영락없는 미국인이었지만 마크 윌리엄 구단주가 데려 온 조나단은 어눌하게나마 한국어를 할 줄 알았다.

"승부, 어떻게 해?"

"글쎄."

"정면 승부 위험해. 코일 시거, 최고야."

"그래서? 도망치자고?"

"노노. 건호, 네 공도 최고야. 그러니까 싸워야 해."

"정면 승부는 위험하다며?"

"정면 승부는 안 돼. 영리하게. 코일 시거는 메이저. 너는 루키. 그 차이를 이용해야지."

"흠……."

박건호는 주억거렸다. 표현이 다소 아리송하긴 했지만 무슨 말을 하려는지 알 것 같았다.

"그러니까 코일 시거가 나를 만만하게 여길 거라 이거지?"

"맞아."

"그럼 리드는? 네가 할 거야?"

"나에게 맡겨줘. 나는 다저스 골수팬이니까."

조나단이 씩 웃었다. 코일 시거를 상대로 리드를 할 수 있다는 사실에 잔뜩 들뜬 표정이었다.

"좋아, 조나단. 네가 사인을 내. 하지만 명심해. 이건 내 쇼케이스야."

박건호가 당부하듯 조나단의 어깨를 움켜쥐었다. 그러자 조나단이 자신도 모르게 움찔 몸을 떨었다.

그사이 코일 시거가 준비를 마치고 타석으로 걸어 들어왔다.

"거기 친구들! 이제 슬슬 시작하는 게 어떨까?"

코일 시거는 잔뜩 몸이 달아 있었다. 다른 사람도 아니고 마크 윌리엄 구단주가 지켜보는 선수다. 거기다 모렐 허샤이저까지 와서 고개를 끄덕이고 있다.

이 정도 루키라면 적어도 수천 만 달러의 계약금을 받고 다저스에 들어왔을 터. 선배로서 화끈하게 환영해 주고 싶었다.

마지막으로 사인을 조율한 뒤 조나단이 포수석으로 돌아왔다. 박건호도 가볍게 로진백을 두드리며 숨을 골랐다.

'자, 어디 그 슬라이더를 던져 보라고.'

코일 시거는 내심 슬라이더가 들어오길 바랐다. 다저스의 4번 타자 자리를 예약해 둔 자신에게 초구부터 포심 패스트볼을 던지지는 못할 거라 여겼다.

그런데.

후앗!

박건호의 손끝을 빠져나간 공이 코일 시거의 눈높이로 곧장 날아들었다.

'……!'

코일 시거가 매섭게 방망이를 휘돌렸다. 하지만 그보다 먼저 박건호의 공이 홈 플레이트를 지났다.

퍼엉!

묵직한 포구 소리가 코일 시거의 귓등을 때렸다.

"후우, 이거 화끈한데?"

코일 시거가 씩 웃었다. 설마하니 초구에 몸 쪽 하이 패스트볼이 들어오리라고는 생각지도 못한 얼굴이었다.

놀란 건 코일 시거만이 아니었다.

'와우, 이 자식! 더 좋은 공을 던지고 있잖아?'

생각보다 훨씬 빠르고 날카로운 공이 미트를 파고들자 조나단의 표정도 달라졌다.

"허허."

다시 선글라스를 쓴 모렐 허샤이저의 입에서도 절로 웃음이 흘러나왔다.

장차 다저스를 이끌어 나갈 코일 시거를 상대로 초구부터 몸 쪽 하이 패스트볼이라니. 설사 포수가 사인을 냈다 하더라도 그 공을 망설임 없이 내던진 박건호의 배짱이 대단해 보였다.

불현듯 모렐 허샤이저의 머릿속에 누군가가 스쳐 지났다.

코리안 특급 박찬오.

박건호만큼이나 큰 덩치에 불같은 강속구를 던지던 박찬오도 배짱 하나만큼은 최고였다. 그런데 아직 어린 박건호에게서 박찬오의 모습이 엿보이고 있었다.

'그러고 보면 찬오와 이름이 비슷하군.'

모렐 허샤이저 코치가 고개를 돌려 릭 허니컴 투수 코치를 바라봤다. 그러자 스카우터와 함께 구속을 측정하던 릭 허니컴 코치가 보란 듯이 혀를 내둘렀다.

"더 빨라졌어."

"빨라졌다고요? 얼마나?"

"96.8mile/h."

릭 허니컴 코치의 옆에 서 있던 스카우트가 스피드건을 돌려 보였다. 그곳에는 96.8mile/h(≒155.8㎞/h)란 숫자가 또렷하게 새겨져 있었다.

"허……."

모렐 허샤이저의 입에서 또다시 헛웃음이 터져 나왔다.

조금 전 타자가 없이 진행한 라이브 피칭 때 박건호가 보여준 최고 구속은 95.7mile/h(≒154.0km/h).

그런데 코일 시거를 상대로 구속을 1mile/h 가까이 끌어올려 버렸다.

"지금까진 연습 게임이었다는 건가?"

릭 허니컴 코치가 모렐 허샤이저를 바라봤다. 그러자 모렐 허샤이저가 고개를 저었다.

"그보다는 추가 구속이 나온 것 같은데요."

"추가 구속?"

"박은 지금 실점 위기 상황에서 코일 시거를 상대하고 있어요."

모렐 허샤이저가 놀랍다는 투로 말했다. 그 순간 박건호가 힘차게 2구를 내던졌다.

14장
쇼케이스(2)

후앗!

코일 시거의 머리 뒤쪽에서 출발한 공이 홈 플레이트를 가로질러 바깥쪽 먼 코스를 파고들었다.

슬라이더.

"크윽!"

기다렸다는 듯이 허리를 돌렸던 코일 시거의 방망이가 홈 플레이트 끝에 아슬아슬하게 걸쳤다.

조나단이 씩 웃으며 말했다.

"이건 스윙인데요?"

"이게? 무슨 소리야. 아직 안 나갔는데."

"에이, 시거. 그러지 마요. 당신도 알고 있잖아요, 나간 거."

"아니라니까."

"자꾸 이러면 곤란해요. 저쪽에 서 있는 분들에게 심판이라도 봐 달라고 할까요?"

"알았어, 알았다고."

코일 시거가 마지못해 스윙을 인정했다. 노리던 구종이 아니었다면 조금 더 우겨봤겠지만 마지막 순간에 자신의 생각보다 훨씬 많이 꺾여 오는 슬라이더의 궤적에 놀라 방망이를 멈춰 세웠으니 할 말이 없었다.

"그럼 이제 투 스트라이크입니다."

"뭐?"

"그래야 재미있잖아요. 안 그래요?"

조나단이 또다시 코일 시거를 자극했다.

"좋아, 투 스트라이크. 어디 한번 해보자고."

코일 시거도 자존심이 상했는지 방망이를 단단히 움켜쥐었다.

'걸려들었어.'

조나단은 박건호에게 체인지업 사인을 냈다. 포심 패스트볼처럼 날아오다가 마지막 순간에 뚝 하고 떨어지는 체인지업이라면 코일 시거를 곤란하게 만들 수도 있다고 여겼다.

하지만 박건호는 가볍게 고개를 흔들었다. 조나단이 포심 패스트볼로 구종을 바꿔도 마찬가지였다.

'2구 연속 슬라이더를 던지고 싶다는 말은 아닐 테고. 설마……?'

조나단이 조심스럽게 손가락을 네 개 펴보였다.

커브.

그제야 박건호가 주억거렸다.

'허, 이 상황에서 커브라니.'

조나단은 속으로 혀를 내둘렀다. 박건호의 밋밋한 커브볼에 코일 시거 같은 타자가 속아줄 리 없다고 여겼다.

그러나 박건호는 공을 단단히 움켜쥐었다.

'스트라이크가 되지 않아도 좋아. 타이밍, 타이밍만 빼앗자.'

박건호는 한복판에 고정된 조나단의 미트보다 오른쪽을 겨냥했다. 코일 시거가 이 형편없는 커브볼을 최대한 오래 지켜보도록 만들고 싶었다.

후앗!

박건호의 손끝을 빠져나간 공이 높게 치솟았다. 그러더니 느릿하게 허공을 가르며 바깥쪽 높은 코스로 흘러 나갔다.

행잉 커브.

코일 시거 같은 메이저 리그 강타자들에게는 절대 던지지 말아야 할 밋밋한 커브볼.

하지만 정작 코일 시거는 방망이를 내밀지 않았다. 장난처럼 들어온 공을 쓱 바라보고는 이내 미간을 찌푸리며 타석에서 벗어났다.

'코스가 나빠서 다행이야.'

조나단은 코일 시거가 완전히 빠져나가는 공이라 치지 않은 것이라고 여겼다. 그러나 모렐 허샤이저와 릭 허니컴 코치의 생각은 달랐다.

"하하, 이거 타이밍을 완전히 빼앗겼네요."

"시거도 당황했겠지. 설마하니 저런 터무니없는 행잉 커브가 들어올 줄은 몰랐을 테니까."

"확실히 포심 패스트볼과 커브볼의 레벨 차이가 크긴 하죠."

"그런데도 그 낮은 수준의 커브를 효과적으로 사용했잖아. 그렇다면 칭찬해 줘야지."

투수 코치들이 마운드에 올라온 투수에게 가장 자주 하는 말은 몰리는 공을 던지지 말라는 것이었다. 특히나 완성되지 않은 구종을 사용할 경우 실투는 금물이었다.

던지는 투수도 자신 없는 공을 어쭙잖게 홈 플레이트 주변으로 밀어 넣었다가는 장타를 얻어맞기 십상이다. 그보다는 차라리 스트라이크존을 벗어나는 공을 던지는 게 백번 나은 일이다.

그런데 박건호가 커브를 기가 막히게 써 먹었다. 포심 패스트볼에 초점을 맞추고 있던 코일 시거의 타이밍을 완벽하게 무너뜨려 버렸다.

"이젠 포심이겠죠."

"그래야지. 그게 정석이니까."

"스트라이크존에 무리해서 밀어 넣지 말아야 할 텐데요."

"하지만 그럴 가능성이 높지. 보통 저 나이대의 투수들은 스트라이크존에 들어가야만 스트라이크라고 생각하는 경우가 많으니까."

모렐 허샤이저와 릭 허니컴 코치는 박건호가 포심 패스트볼을 던질 것이라고 여겼다. 그렇지 않고서야 굳이 3구째 커브를 던질 이유는 없다고 여겼다.

두 사람의 생각대로 조나단은 포심 패스트볼 사인을 냈다. 박건호도 군말 없이 포심 패스트볼 그립을 잡았다. 하지만 그의 시선은 조나단이 원하는 바깥쪽 하이 패스트볼보다 조금 더 벗어나 있었다.

'오늘 내 패스트볼은 좋아.'

박건호는 길게 숨을 내쉬었다. 그러고는 빠르게 오른 다리를 들어 올렸다.

박건호가 투구 동작에 들어가자 코일 시거도 곧바로 타격을 준비했다. 초구에 보았던, 생각보다 빠른 포심 패스트볼이 들어올 거라고 이미 예상하고 있었던 것이다.

후앗!

박건호의 손끝에서 새하얀 공이 빠져 나오자 코일 시거가 눈을 부릅떴다.

역시나 포심 패스트볼이었다. 코스도 예상했던 대로 바깥쪽을 향하고 있었다.

'애송이 녀석.'

코일 시거의 입가로 비웃음이 번져 들었다. 박건호가 과감하게 역으로 몸 쪽을 찔러 들었다면 조금이나마 당황했겠지만 도망치듯 바깥쪽을 선택했으니 좋은 공을 던지는 애송이, 딱 그 정도 수준의 투수라는 생각이 들었다.

그런데…….

"……!"

슬슬 배팅 존안으로 걸쳐 들어와야 할 공이 계속해서 바깥쪽으로 흘러나갔다. 그러더니 순식간에 시야 너머로 사라져 버렸다.

'젠장할!'

뒤늦게 박건호의 의도를 깨달은 코일 시거가 방망이를 멈춰 세웠다. 아니, 멈춰 세우려 했다.

하지만 코일 시거의 전매특허인 번개 같은 스윙은 그렇게 쉽게 멈출 수 있는 게 아니었다.

"이번에도 스윙이에요, 시거."

박건호의 공을 가까스로 잡아낸 조나단이 씩 웃으며 무너진 코일 시거의 등 쪽에 미트를 가져다 댔다. 그러고는 마크 윌리엄 구단주 쪽을 향해 주먹을 들어 올려 보였다.

순간 모렐 허샤이저와 릭 허니컴 코치의 입에서 웃음이 터져 나왔다.

“저게 무슨 의미지?”

마크 윌리엄 구단주가 모렐 허샤이저를 바라봤다.

“삼진을 잡았다는 사인 같습니다. 그냥 하면 재미 없으니 볼카운트를 세는 모양입니다.”

모렐 허샤이저가 상황을 설명했다.

사전에 별도의 룰을 정해놓고 하면 박건호에게 부담이 될까 봐 일부러 아무 말 안 했는데 정작 박건호는 코일 시거를 진심으로 상대하고 있었다.

“그러니까 미래의 4번 타자인 코일 시거를 상대로 첫 타석부터 삼진을 잡아냈단 말이지?”

마크 윌리엄 구단주가 껄껄 웃어댔다. 코일 시거를 상대로 주눅 들지 않는 모습만 보여줘도 충분히 만족했을 텐데 첫 타석부터 삼진이라니. 이렇게 당돌한 루키는 정말 오랜만이다.

“앤디, 어때?”

마크 윌리엄 구단주가 앤디 프리드먼 사장의 의견을 물었다.

"글쎄요."

앤디 프리드먼 사장은 즉답을 피했다.

분명 박건호의 피칭은 상상 그 이상이었다. 저 정도 가능성을 가진 투수를 고작 보고서만 가지고 평가했다는 게 미안할 정도다.

하지만 고작 한 타석 가지고 박건호를 치켜세우고 싶진 않았다.

상대는 코일 시거다. 박건호만큼이나 젊은 그가 호락호락하게 당할 리 없다.

아니나 다를까.

따악!

두 번째 타석이 시작되기가 무섭게 경쾌한 방망이 소리가 울려 퍼졌다. 코일 시거가 몸 쪽 높게 들어오는 포심 패스트볼을 기다렸다는 듯이 잡아당겨 버린 것이다.

'그렇지!'

앤디 프리드먼 사장이 속으로 쾌재를 내질렀다. 마지막 순간 파울 라인을 벗어나긴 했지만 조금만 방망이 중심에 걸렸더라도 담장을 넘어갈 홈런성 타구였다.

코일 시거는 2구째 몸 쪽을 파고드는 슬라이더도 망설이지 않고 잡아당겼다.

따악!

또다시 파울이 되긴 했지만 타구는 이번에도 담장 근처까지 날아갔다.

박건호가 몸 쪽 깊숙한 볼을 던졌으니 망정이지 스트라이크였다면 꼼짝없이 코일 시거의 방망이에 걸렸을지도 모른다.

"코일 시거도 몸이 풀린 모양입니다."

앤디 프리드먼 사장의 얼굴이 한결 밝아졌다. 코일 시거에게 연속 파울 홈런을 얻어맞았으니 박건호의 겁 없는 피칭도 이제 끝난 거라고 판단했다.

"모렐의 생각은 어때?"

쓴웃음을 짓던 마크 윌리엄 구단주가 모렐 허샤이저의 생각을 물었다.

"그 대답은 박이 이번 공을 통해 보여줄 겁니다."

"저 역시 같은 생각입니다."

모렐 허샤이저와 릭 허니컴 코치가 한목소리로 말했다. 코일 시거의 방망이가 불을 뿜긴 했지만 결과적으로 두 개의 타구 모두 파울 라인 안으로 들어오지 못했다.

물론 앤디 프리드먼 사장의 말처럼 코일 시거가 박건호의 공에 어느 정도 적응한 것은 분명해 보였다. 하지만 그렇다고 해서 두 번째 타석이 코일 시거에게 절대적으로 유리한 건 결코 아니다.

박건호는 몸 쪽 코스에 강한 코일 시거를 상대로 두 개의 몸 쪽 공을 던져 투 스트라이크를 잡아냈다. 첫 타석 때 삼진을 잡은 것으로 만족하지 않고 두 번째 삼진을 낚기 위해 코일 시거를 궁지로 몰아붙였다.

"시거의 머릿속이 복잡하겠지?"

릭 허니컴 코치가 나직이 중얼거렸다.

"앞선 타석 때 들어온 커브가 생각나겠죠."

모렐 허샤이저도 슬쩍 입가를 비틀어 올렸다. 첫 타석 때 박건호는 포심 패스트볼–슬라이더–커브–포심 패스트볼로 코일 시거를 상대했다.

그리고 두 번째 타석 때 다시 포심 패스트볼–슬라이더를 던졌으니 코일 시거도 커브를 염두에 두지 않을 수가 없었다.

"이번에도 커브일까?"

"글쎄요. 저는 다른 공이 들어올 것 같은데요."

"그게 가능하겠어?"

"하하, 그건 저도 모르죠. 하지만…… 왠지 그런 느낌이 듭니다."

모렐 허샤이저는 박건호가 행잉 커브로 코일 시거의 타이밍을 빼앗은 것처럼 이번에도 뭔가 재미난 공을 던져 주길 기대했다.

커브에 미련을 보이다 역으로 코일 시거의 노림수에 걸려

들지도 모른다고 생각했다.

그러나 정작 박건호의 손을 빠져나온 공은 완만한 포물선을 그리며 홈 플레이트로 날아갔다.

'커브!'

모렐 허샤이저의 눈매가 살짝 일그러졌다.

하지만 그것도 잠시. 홈 플레이트 앞에서 뚝 하고 떨어져 버린 공의 움직임에 다시 눈을 부릅뜨고 말았다.

"와우!"

릭 허니컴 코치의 입에서도 탄성이 터져 나왔다.

커브를 노리고 있던 코일 시거에게 커브를 던진 것만으로도 놀라운데 그 공을 일부러 홈 플레이트 앞쪽에서 바운드 시킬 생각을 하다니. 이건 평범한 19살 소년이 선보일 수 있는 피칭이 결코 아니다.

"크윽!"

허무하게 방망이를 내돌린 코일 시거도 입술을 질근 깨물었다. 내심 바랐던 커브가 들어올 때까지만 해도 좋았는데 저런 궤적을 그릴 줄은 미처 예상하지 못한 것이다.

"두 번째 삼진이로군."

마크 윌리엄 구단주의 입가를 타고 다시 짓궂은 웃음이 번졌다. 그럴수록 앤디 프리드먼 사장의 속은 부글부글 끓어올랐다.

'시거! 이 멍청아! 대체 내 체면을 얼마나 더 깎아먹을 생각인 거야!'

마음 같아선 코일 시거를 붙잡고 한바탕 호통을 치고 싶었다. 앞으로 다저스의 4번 타자 자리는 꿈도 꾸지 말라며 으름장을 놓고 싶었다.

하지만 마크 윌리엄 구단주가 있는 자리에서 그런 볼썽사나운 모습을 보일 수는 없는 노릇이다.

"후우……."

다시 타석에 들어선 코일 시거도 얼굴에서 웃음기를 지웠다. 박건호는 구단주의 눈에 들기 위해 이를 악물고 공을 던지는데 자신은 너무 안이했다는 생각이 든 것이다.

'이봐, 친구. 봐주는 것도 여기까지라고.'

코일 시거가 방망이를 단단히 움켜쥐었다. 본래 메이저 리그에 데뷔조차 하지 못한 루키를 상대로 전력을 다할 생각은 없었지만 이대로 가다간 더 큰 망신을 살 것 같았다.

그 순간 박건호가 내던진 공이 몸 쪽으로 날아들었다.

'포심? 아니야. 슬라이더!'

코일 시거는 빠르게 구종을 파악했다. 그리고 슬라이더가 파고들 만한 공간으로 방망이의 헤더를 빠르게 내돌렸다.

하지만 슬라이더인 것처럼 날아들던 공은 마지막 순간에 뚝 하고 떨어져 버렸다.

'체인지업!'

코일 시거의 얼굴이 와락 구겨졌다. 방심하지 않겠다고 마음을 다잡았는데 또다시 허를 찔릴 줄은 생각하지 못한 것이다.

"와우."

"하하."

모렐 허샤이저와 릭 허니컴 코치의 입에서도 동시에 감탄이 터져 나왔다.

"대담한 체인지업이었어요."

"맞아, 저게 조금만 몰렸어도 시거의 방망이가 가만있지 않았을 거라고."

"시거도 전혀 예상 못 한 표정인데요?"

"코스가 좋았어. 일부러 슬라이더의 궤적을 따라 던졌다고."

"오호, 그래서 시거의 스윙이 엇나갔다 이거죠?"

"시거의 번개 같은 스윙은 오차 조정이 쉽지 않으니까."

"어쨌든 시거의 머릿속이 더욱 복잡해지겠어요."

"그래도 금방 적응할 거야. 시거는 시거니까."

모렐 허샤이저와 릭 허니컴 코치의 예상은 모두 적중했다.

코일 시거는 세 번째 타석과 네 번째 타석에서도 연거푸 삼진으로 물러났다. 갑작스럽게 날아든 박건호의 체인지업 때문인지 타격 존 설정에 애를 먹는 듯했다.

하지만 다섯 번째 타석에서 센터 방면 큼직한 타구를 만들어내더니 여섯 번째 타석에서 기어이 펜스를 직격하는 장타를 때려내며 자신감을 되찾았다.

덕분에 쇼케이스 내내 불편함을 감추지 못하던 앤디 프리드먼 사장의 얼굴에 비로소 안도감이 번졌다.

"진짜 쇼케이스는 이제부터 시작입니다."

앤디 프리드먼 사장이 마크 윌리엄 구단주의 옆쪽으로 바짝 붙어 섰다. 코일 시거가 박건호의 공에 대한 적응을 끝냈으니 이제 박건호가 무너지는 일만 남았다고 여겼다.

그러자 모렐 허샤이저가 냉큼 박건호를 두둔했다.

"이 정도만 해도 충분히 잘 던진 겁니다."

"그럼요. 상대가 시거라고요. 오클라호마에서 누굴 데려다 놓아도 박보다 잘 던질 수 있을지 의문입니다."

릭 허니컴 코치도 트리플 A 투수보다 낫다며 박건호를 치켜세웠다.

엇갈리는 평가 속에서 박건호와 코일 시거는 7번째 대결에 들어갔다.

초구는 몸 쪽 높은 하이 패스트볼.

2구는 바깥쪽으로 빠져나가는 슬라이더.

두 개의 공을 전부 지켜보기만 하던 코일 시거가 3구째 들어온 몸 쪽 체인지업을 힘껏 걷어 올렸다. 앞선 타석에서 어느 정도 재미를 본 구종이라 다시 한번 던져 본 게 코일 시거의 노림수에 정확하게 걸려들고 만 것이다.

따악!

묵직한 타격음과 함께 타구가 하늘 높이 솟아올랐다. 그러고는 한참을 비행하더니 그대로 담장 밖으로 사라져 버렸다.

"끝났네요."

앤디 프리드먼 사장이 얄밉게 말했다. 잘 던지던 박건호가 점점 궁지에 몰리다 막판에 홈런까지 허용했으니 더 이상의 쇼케이스는 의미가 없다고 판단한 것이다.

하지만 박건호는 두어 번 주억대고는 다시 투수판을 밟았다. 코일 시거도 고작 홈런 한 방으로 끝낼 생각은 없다며 방망이를 추켜들었다.

"조금 더 지켜보자고."

마크 윌리엄 구단주의 시선이 다시 그라운드로 향했다. 잔인한 판단일 수도 있지만 박건호가 코일 시거를 상대로 얼마나 버틸 수 있을지 조금 더 지켜보고 싶어졌다.

그때였다.

퍼엉!

박건호의 포심 패스트볼이 한복판을 지나 바깥쪽 스트라이크존에 꽂혔다.

"허……."

여유를 부리던 코일 시거의 입에서 헛웃음이 터져 나왔다. 바로 직전에 홈런을 맞았으니 겁을 먹어야 정상인데 박건호는 오히려 칠 테면 쳐 보라며 공을 던졌다.

"이 자식이!"

코일 시거는 2구째 들어오는 슬라이더를 힘껏 잡아당겨 큼지막한 파울 타구를 만들어냈다. 3구째 들어온 포심 패스트볼도 마찬가지. 놓치지 않고 잡아당겨 파울 홈런을 때려냈다.

'어떠냐!'

코일 시거가 의기양양한 얼굴로 박건호를 바라봤다. 그러나 박건호의 표정은 별반 달라지지 않았다.

'시거, 그깟 파울 홈런은 몇 백 개를 때려도 파울일 뿐이라고. 난 그런 걸로 쫄지 않아!'

조나단의 사인을 확인한 뒤 박건호가 투수판을 박차고 앞으로 나갔다.

후앗!

박건호의 손끝을 빠져나간 공이 코일 시거의 몸 쪽을 파고들었다.

하이 패스트볼.

"크아아!"

생각지도 못한 반격에 코일 시거가 악을 내지르며 방망이를 휘둘러 봤지만 공은 그대로 포수 미트 속으로 빨려 들어갔다.

2

열두 번째 타석을 끝으로 박건호의 갑작스런 쇼케이스도 막을 내렸다.

"박건호 선수, 정말 고생 많으셨습니다."

"고생은요. 이제 몸 좀 푼 거 같은데요."

"하하, 박건호 선수 체력 좋은 건 알아줘야 한다니까요."

"그런데…… 분위기는 어때요?"

"정말 몰라서 물어보는 건 아니죠?"

"별로인가요? 홈런 맞은 것 때문에 그런 거예요?"

"이런. 박건호 선수, 상대는 코일 시거입니다. 이 정도면 엄청 잘 던진 거라고요."

왠지 모르게 아쉬워하는 박건호를 달래며 브라이언 최가 환하게 웃었다.

갑작스럽게 잡힌 쇼케이스였다. 그 자리에 마크 윌리엄 구단주가 나타나더니 코일 시거가 박건호를 상대하기 위해 타석에 들어섰다.

이쯤 되면 그 어떤 에이전트도 불안한 생각을 가질 수밖에 없었다. 브라이언 최도 마찬가지였다. 박건호의 재능을 믿고 LA까지 오긴 했지만 계약이 불발되는 상황도 염두에 두고 있었다.

하지만 박건호는 해냈다.

모두의 예상을 한참 뛰어넘는 투구로 부정적인 분위기를 단번에 바꿔 버린 것이다.

하지만 박건호는 자신이 얼마나 대단한 투구를 펼쳤는지 제대로 인지하지 못했다.

오늘 코일 시거와의 맞대결 성적은 4피안타(0.333).

피홈런 1개.

탈삼진 6개.

상대가 다저스의 중심 타자 중 한 명이고 박건호가 프로는 경험해 본 적도 없는 루키라는 점을 감안했을 때 투수에게 손을 들어줄 만한 결과였다.

그러나 박건호의 머릿속에는 후반에 코일 시거와 힘겹게 대결을 펼친 장면들만 남아 있었다.

'그때 이렇게 던졌으면 좋았을 텐데. 이때 슬라이더보다 포심 패스트볼을 선택했어야 하는 건데.'

초반만큼 좋은 모습을 보여주지 못한 아쉬움을 좀처럼 털어내지 못했다.

그때였다.

“이봐요! 혹시 이 친구 에이전트예요?”

코일 시거가 방망이를 든 채로 마운드 쪽으로 어슬렁어슬렁 걸어왔다.

“제, 제가 박건호 선수 에이전트입니다만 무슨 일이십니까?”

깜짝 놀란 브라이언 최가 박건호의 앞을 막아섰다. 박건호만큼은 아니지만 건장한 체격에 검은 양복을 입은 사내가 나서니 꼭 보디가드 같은 느낌이 들었다.

“워워, 진정해요. 난 그저 이걸 주고 싶었을 뿐이에요.”

코일 시거가 손에 든 방망이를 뒤집어 브라이언 최에게 건넸다. 방망이 손잡이 쪽에는 코일 시거의 사인과 함께 ‘너 장난 아니더라’라는 메시지가 적혀 있었다.

“코일 시거 선수가 이걸 박건호 선수에게 선물하고 싶다는데요?”

브라이언 최가 안도의 한숨을 내쉬며 박건호에게 방망이를 건넸다. 하지만 박건호는 그 방망이를 선뜻 받지 못했다.

“이거…… 비싼 방망이죠?”

“……?”

“난 줄 게 없는데. 글러브라도 줘야 하나요?”

박건호의 뜬금없는 고민에 브라이언 최가 웃음을 터뜨렸다. 그러자 코일 시거가 당황한 듯 큰 눈을 깜빡거렸다.

"아, 시거 선수. 미안해요. 다른 게 아니라…… 박건호 선수가 자신은 시거 선수에게 줄 게 없다고 곤란해하고 있어요."

브라이언 최가 상황을 설명하자 코일 시거도 유쾌하게 웃음을 터뜨렸다. 그러고는 직접 박건호의 글러브 속에서 공을 빼 들었다.

"이거면 충분하다고 전해 줘요."

"진심이십니까?"

"아, 대신 사인은 해줘야 해요. 이 공…… 왠지 나중에 비싸질 것 같은 예감이 들거든요."

코일 시거가 에둘러 박건호의 실력을 인정했다. 박건호도 코일 시거의 말을 전해 듣고는 기꺼운 마음으로 공에 자신의 사인을 그려 넣었다.

"이 친구 이름이 건이에요?"

"정확하게는 박건호입니다."

"박? 박 하니까 레인저스에 갔던 찬오가 생각나네요."

"네, 그 박찬오 선수와 같은 성이에요."

"오호, 그래서 좋은 공을 던지는 건가요?"

"하하. 박은 한국에서 많은 사람이 쓰는 성입니다. 그보다는 박건호 선수의 재능이겠죠."

"농담이에요, 농담. 그래도 박보다는 건이 좋을 거 같아요. 건. 이 친구 포심 패스트볼은 꼭 총알처럼 날아오거든요. 피슝~ 하면서."

"나중에 유니폼에 이름을 마킹할 때 시거 선수의 의견을 적극적으로 검토해 보겠습니다."

"아직 계약 전이죠? 마크 구단주에게 계약금 왕창 뜯어내요. 이 친구는 그럴 자격 있으니까."

"그렇게 될 수 있도록 이야기 좀 잘 해주세요."

"내가 이야기할 필요가 있을까요? 봐요. 저렇게들 모여서 쑥덕거리고 있잖아요. 이 친구가 형편없었다면 저렇게 모여 있을 이유가 없어요."

코일 시거가 어딘가로 턱짓을 했다.

그의 말처럼 마크 윌리엄 구단주를 비롯해 모렐 허샤이저와 릭 허니컴, 그리고 동석한 두 명의 스카우터가 모여서 진지하게 이야기를 나누고 있었다.

"후우……."

브라이언 최가 자신도 모르게 한숨을 내쉬었다. 그러자 코일 시거가 걱정할 것 없다며 브라이언 최의 어깨를 두드렸다.

"걱정 마요. 내 예상이 맞다면 이 친구가 털사 밑으로 내려갈 일은 없을 테니까."

코일 시거는 박건호가 최소 더블 A급 실력은 갖추고 있다고 확신했다. 물론 내심 트리플 A 구단인 오클라호마시티에 가길 기대했다. 그곳에서 실력을 가다듬은 뒤 내년 9월 이후

나 내후년에 메이저 리그에 올라오길 바랐다.

"저도 그랬으면 좋겠습니다."

브라이언 최도 박건호가 더블 A 밑으로 내려가지 않길 바랐다.

단 한 번의 쇼케이스만으로 너무 많은 걸 바라는 것일지는 모르겠지만 기약 없는 루키 리그부터 시작하는 것과 메이저 리그 콜업을 바라볼 수 있는 더블 A에서 시작하는 건 의미가 달랐다.

설사 적응 문제로 고생하더라도 밑바닥인 루키나 싱글 A보다는 더블 A에서 부대끼는 게 박건호에게도 동기 부여가 될 거라 여겼다.

다행히도 모렐 허샤이저와 릭 허니컴 코치는 코일 시거와 비슷한 평가를 내렸다.

"일단 털사로 보낸 뒤 캠프에서 다시 한번 테스트를 한 뒤에 오클라호마시티로 올리는 게 좋을 것 같습니다."

"제 생각도 같습니다. 솔직히 제가 단장이라면 오클라호마시티로 바로 보내겠지만 적응하는 데는 털사가 조금 더 나을 테니까요."

모렐 허샤이저와 릭 허니컴 코치는 한 목소리로 박건호를 수준급 유망주로 평가했다.

아직 보완해야 할 점이 많았지만 오늘 보여준 투구만 놓고 보더라도 더블 A 레벨에서는 충분히 통할 수 있을 것 같았다.

마크 윌리엄 구단주의 요청으로 함께 동석한 스카우터들의 의견도 크게 다르지 않았다.

"털사라면 적당할 것 같습니다."

"털사에 보낸 다음에 꼼꼼하게 체크하는 게 좋겠습니다."

두 사람 모두 박건호의 털사(다저스 산하 더블 A 구단) 행을 권했다.

"흠, 그러니까 털사가 좋겠다는 말이지? 앤디의 생각은 어때?"

모두의 의견을 확인한 뒤 마크 윌리엄 구단주가 마지막으로 앤디 프리드먼 사장의 뜻을 물었다. 그러자 앤디 프리드먼 사장이 어색한 미소를 지어 보였다.

"저 역시 같은 생각입니다."

"오호, 그래?"

"대신 최종 결정은 야디에르 알베스를 마저 본 이후에 내렸으면 좋겠습니다."

앤디 프리드먼 사장은 마지못해 박건호에 대한 평가를 받아들였다. 하지만 그렇다고 해서 박건호를 정말로 털사로 보낼 생각은 전혀 없었다.

'야디에르 알베스의 쇼케이스를 본다면 다들 생각이 달라질 거야.'

앤디 프리드먼 사장은 마크 윌리엄 구단주를 비롯해 박건호의 쇼케이스에 참석한 이들 전원과 함께 다저스 스타디움으로 데려가려 했다.

그러자 모렐 허샤이저가 난색을 드러냈다.

"아니요, 아닙니다. 난 오늘 마크 구단주의 부탁으로 왔을 뿐입니다."

"그러니까 같이 가야죠. 야디에르 알베스의 재능은 박건호보다 낫습니다. 어쩌면 허샤이저, 당신처럼 우완 선발 투수로서 사이영 상을 받게 될지도 몰라요."

"야디에르 알베스가 사이영 상급 투수라고요? 그것도 커쇼를 제치고? 진심으로 하는 말입니까?"

"지금 당장의 실력을 말하는 게 아닙니다. 재능만 놓고 보자면 그럴 가능성이 충분하다는 겁니다."

"하아, 좋습니다. 어디 한번 보도록 하죠."

"잘 생각했습니다. 당신이라면 객관적이고 정확하게 야디에르 알베스의 기량을 평가해 줄 거라 믿고 있습니다."

앤디 프리드먼 사장이 모렐 허샤이저를 설득하는 사이 릭 허니컴 투수 코치가 박건호 일행에게 다가왔다. 그러고는 다저스 스타디움으로 이동할 예정이니 가급적이면 동행하자고 권했다.

"박건호 선수는 호텔에서 쉬고 계십시오. 계약에 관한 부분은 제가 알아서 처리하겠습니다."

브라이언 최는 박건호를 호텔에 데려다 주고 합류하겠다고 말했다. 그러자 코일 시거가 말도 안 된다며 펄쩍 뛰었다.

"건! 나하고 같이 가자. 네 경쟁자가 될지도 모르는데 미리 봐두면 좋을 거야."

"저기, 시거 선수. 박건호 선수는 아무래도 휴식이……."

"혹시 차량이 걱정이라면 내 차를 타요. 내 차는 크니까 다 함께 움직일 수 있어요."

코일 시거의 말처럼 그의 애마는 포드사의 7인승 SUV 익스플로러였다. 덕분에 박건호와 브라이언 최, 그리고 조나단까지 모두 차에 올라탈 수 있었다.

"그런데 초이, 어째서 건은 다저스 스타디움에서 테스트를 받지 않은 거죠?"

"다저스 스타디움에는…… 다른 선수가 대기 중이거든요."

"야디에르 알베스 말이죠? 그 녀석 이야기는 들었어요. 100마일의 포심 패스트볼을 던지는 오른손 채프먼이라고. 그래서 비교될까 봐 장소를 옮긴 거예요?"

"아뇨, 아닙니다. 장소는 우리가 결정하지 않았어요."

"그렇다면 다행이지만 야디에르 알베스가 부담스러워서 내린 결정이라면 건의 에이전트를 그만두는 게 좋을 거 같아요. 그 정도 선수 보는 눈으로는 솔직히 건을 감당하기 힘들 겁니다."

전후사정을 전부 알지 못하는 코일 시거는 브라이언 최에게 충고를 아끼지 않았다. 박건호는 분명 메이저리거가 될 거라며 나중에 후회하기 전에 지금부터 잘하라고 몇 번이고 당부했다.

"장소는 정말 내가 결정한 게 아니에요. 하지만 솔직히 나도 조금은 반성 중입니다."

브라이언 최가 씁쓸히 웃었다. 만약 박건호가 오늘처럼 잘 던질 줄 알았다면 다저스 스타디움이 아니라 근처 경기장에서 쇼케이스를 갖겠다고 했을 때 안도하기보다 화를 냈을 것이다.

"그렇다고 정말 그만두지는 말아요. 건처럼 젊은 선수들에게 에이전트의 존재는 절대적이니까요."

"다행이네요. 정말로 그만둬야 하나 고민했거든요."

"하하. 내가 무례했다면 사과할게요. 그런데 건은 영어를 잘 못 하나요?"

"영어를 공부한 지 얼마 되지 않았으니까요. 그래도 구단에서 통역을 붙여주기로 했습니다."

"통역도 좋지만 빨리 대화가 통했으면 좋겠어요. 난 건에게 궁금한 게 많으니까요."

코일 시거가 룸미러로 박건호를 바라봤다. 하지만 정작 박건호는 낮게 코까지 골며 자느라 정신이 없었다.

3

모든 준비가 완벽히 끝났다는 앤디 프리드먼 사장의 말과는 달리 야디에르 알베스의 쇼케이스는 1시간이 지나서야 시작됐다. 야디에르 알베스가 처음부터 다시 몸을 풀어야 한다는 이유로 라몬 소스레트가 시간을 끌었기 때문이다.

"라몬! 대체 뭘 하자는 거야!"

"그건 내가 묻고 싶은 겁니다. 금방 돌아오겠다더니 3시간을 기다리게 해놓고 공을 던지라니요! 지금 우리를 뭘로 보는 겁니까?"

"마크 구단주의 일정 때문에 어쩔 수 없었다니까!"

"우릴 바보로 아는 겁니까? 마크 구단주가 저 선수를 테스트하느라 늦은 걸 모를 줄 알아요?"

"어쨌든 이렇게 야디에르를 보러 왔잖아! 일단은 쇼케이스에 집중하자고!"

"재촉하지 마요! 그러다 내 귀한 선수가 다치기라도 하면 다저스가 책임질 겁니까?"

"자꾸 이런 식으로 나오면 계약이 어려워지는 수가 있어."

"흥! 마음대로 해요. 우린 양키즈에 가면 되니까."

라몬 소스레트와 앤디 프리드먼 사장의 실랑이는 한참 동안 이어졌다.

다행히 야디에르 알베스가 공을 던지겠다고 결정하면서 쇼케이스가 무산되지는 않았지만 현장의 분위기는 싸늘하게 돌아선 상태였다.

"야디에르, 신경 쓰지 마. 네 공만 던지면 되는 거야."

라몬 소스레트가 야디에르 알베스를 다독였다. 야디에르 알베스가 제 실력을 보여준다면 마크 윌리엄 구단주의 굳은 얼굴도 금세 풀어질 거라 확신했다.

"걱정 마요, 라몬. 최고의 공을 던질 테니."

야디에르 알베스도 한가득 의욕을 드러냈다. 그런데 3시간의 공백 탓인지 생각처럼 공이 제구가 되질 않았다.

퍼엉!

야디에르 알베스의 손끝을 빠져나간 공이 순식간에 포수의 미트 속에 처박혔다.

"97.4mile/h이네요."

"저는 97.2mile/h입니다."

스카우터들이 나란히 구속을 읊었다. 평균 구속 97.3mile/h(≒156.6㎞/h) 쌀쌀한 날씨와 낯선 환경을 감안했을 때 최고 구속 100mile/h도 충분히 가능해 보였다.

하지만 모렐 허샤이저는 굳게 입을 다물고 있었다. 릭 허니컴 투수 코치도 마찬가지. 초반에 한두 번 구속에 대해 감탄한 걸 제외하고는 말을 아꼈다.

앤디 프리드먼 사장이 호언장담할 만큼 야디에르 알베스의 포심 패스트볼은 빨랐다.

하지만 체감 구속은 그에 못 미치는 느낌이었다. 게다가 포구 지점도 들쑥날쑥했다. 릴리스 포인트가 매번 조금씩 달라지니 일정한 로케이션 자체가 불가능해 보였다.

“파렐! 포심 패스트볼은 됐으니까 변화구를 던져 보라고 해!”

분위기가 심상치 않자 앤디 프리드먼 사장이 변화구 투구를 지시했다.

야디에르 알베스는 100mile/h에 달하는 포심 패스트볼 못지않게 수준급 변화구를 구사하고 있었다.

일단 94mile/h(≒151.3km/h)까지 나오는 슬라이더가 압권이었다. 일부 스카우터는 커터라 부를 만큼 빠르고 무브먼트가 좋았다.

거기에 87mile/h(≒140.0km/h) 전후의 커브와 90mile/h(≒144.8km/h)의 서클체인지업을 던질 줄 알았다.

광속 슬라이더와 커브, 서클체인지업 중 앤디 프리드먼이 기대한 건 슬라이더였다. 완성도가 떨어지는 커브와 서클체인지업보다는 슬라이더를 통해 마크 윌리엄 구단주의 눈도장을 받길 바랐다.

퍼엉!

포심 패스트볼 못지않게 미트가 요동을 칠 만큼 야디에르 알베스의 슬라이더는 좋았다. 모렐 허샤이저와 릭 허니컴 투수 코치마저 고개를 끄덕일 정도였다.

하지만 커브와 서클체인지업은 그저 그랬다. 로케이션은 물론이고 무브먼트에 있어서도 평범한 수준에 그쳤다.

"자, 아직 끝난 게 아닙니다. 본 경기는 이제부터 시작입니다."

표정이 굳어진 앤디 프리드먼 사장을 대신해 라몬 소스레트가 나서서 분위기를 띄웠다.

여차하면 양키즈로 갈 수도 있다고 큰소리를 쳐 놓긴 했지만 가장 많은 돈을 주겠다는 다저스를 포기할 생각은 눈곱만큼도 없었다.

그러나 타자를 세워놓고 시작된 라이브 피칭도 별다른 감동을 주진 못했다. 야르엘 푸이그가 지나치게 협조적으로 굴면서 짜고 친 고스톱이라는 게 금세 들통난 것이다.

"뭐야? 저 공은 왜 친 거야?"

박건호와 함께 쇼케이스를 지켜보던 코일 시거도 미간을 찌푸렸다. 스트라이크존을 확연히 벗어나는 공에 뒤늦게 방망이를 휘두르고 있으니 괜히 자신의 얼굴이 다 화끈거릴 지경이었다.

하지만 박건호와 코일 시거가 얼마나 치열하게 맞부딪쳤는지 알지 못하는 라몬 소스레트는 이 정도면 충분히 그럴듯한 그림이 그려졌다며 만족스러워했다.

"어떻습니까?"

준비된 모든 투구가 끝나자 라몬 소스레트가 마크 윌리엄 구단주를 바라봤다. 부상 위험성 때문에 100퍼센트 제 실력을 다 발휘하진 못했지만 야디에르 알베스의 피칭은 흠잡을 데가 없어 보였다.

만약 마크 윌리엄 구단주가 박건호의 피칭을 보지 못했다면, 곧장 다저스 스타디움으로 와서 잘 짜인 연극부터 보았다면 라몬 소스레트에게 웃음으로 답을 주었을지 몰랐다.

그러나 애석하게도 마크 윌리엄 구단주는 야디에르 알베스보다 더 뜨거운 공을 던지는 19살의 좌완 투수를 알고 있었다.

냉정하게 봤을 때 박건호와 야디에르 알베스의 쇼케이스 결과는 엇비슷해 보였다. 구속은 야디에르 알베스가 조금 더 빨랐지만 투구 내용은 박건호가 더 좋았다.

문제는 이 비슷한 기량을 가진 선수들에게 전혀 다른 돈을 지불해야 한다는 점이었다.

야디에르 알베스의 계약금은 2,500만 달러. 거기에 사치세 100%를 더한 지출이 자그마치 5,000만 달러였다.

반면 박건호의 계약금은 35만 달러에 불과했다. 이변이 없다면 다저스의 선발 한 자리를 꿰차 줄 만한 재목에게 더블 A 수준의 계약을 제안한 것이다.

"마크! 야디에르 알베스는 무려 3년을 관찰해 온 투수입니다. 해마다 키가 얼마나 컸고 몸무게가 얼마나 늘었으며 구속이 얼마나 빨라졌는지 전부 체크해 왔어요. 오늘 쇼케이스가 성에 차진 않겠지만 야디에르 알베스는 분명 그만한 가치가 있는 투수입니다."

괜히 제 발 저린 앤디 프리드먼 사장은 마지막까지 야디에르 알베스의 역성을 들었다. 야디에르 알베스의 가치를 단순히 쇼케이스만으로 평가해서는 안 된다고 목소리를 높였다.

하지만 박건호라는 비교 대상이 생긴 마크 윌리엄 구단주는 그 말을 곧이곧대로 들으려 하지 않았다.

15장
뜨거운 감자(1)

1

“그래, 자네 말대로 야디에르 알베스의 가치를 인정해 보도록 하지. 그럼 건은? 자네 기준에 건은 정말 35만 달러짜리 투수인 거야?”

“무, 물론 오늘 박건호의 피칭은 훌륭했습니다. 하지만 박건호는 아직 불안 요소가 많습니다.”

“대체 그 불안 요소라는 게 뭔데? 그게 뭔데 둘의 계약금이 140배나 차이가 나는 거야?”

“그, 그건…….”

“이봐, 앤디. 툭 까놓고 말해보자고. 어느 누가 유망주의 성공을 자신할 수 있지? 자네는 그게 가능한가? 5천만 달러짜리 유망주가 실패하지 않을 거라 확신할 수 있어?"

"마크……."

"만약 자네가 내 입장이라면 어떨까? 둘 다 유망주야. 유망주 투수라고. 물론 둘 다 좋은 투수가 될 가능성이 있지. 하지만 지금은 언제 어디서 어떻게 고꾸라져서 내 속을 쓰리게 할지 모르는 유망주일 뿐이야. 그런데 한 명은 5,000만 달러를 써야 하고 다른 한 명은 35만 달러를 써야 해. 실력은 서로 엇비슷해 보이는데 말이야. 자, 이런 상황에서 자네가 나라면 어떻게 할까? 과연 누구를 잡을까?"

마크 윌리엄 구단주가 앤디 프리드먼 사장을 매섭게 쏘아붙였다. 다른 걸 떠나 중남미 선수들에게 지나친 환상을 가지고 매번 과잉 투자를 일삼는 앤디 프리드먼 사장의 선수 영입 기조를 이번 기회에 제대로 짚고 넘어갈 생각이었다.

하지만 앤디 프리드먼 사장은 야디에르 알베스와 박건호의 실력이 엇비슷하다는 마크 윌리엄 구단주의 평가에 절대 동의하고 싶지 않았다. 설사 지금은 그렇게 보인다 하더라도 둘의 잠재력은 분명 상당한 차이가 있다고 굳게 믿었다.

"전 그래도 야디에르 알베스를 선택할 겁니다."

"뭐라고?"

"이유는 간단합니다. 야디에르 알베스가 박건호보다 훨씬 재능 있는 투수니까요."

"앤디!"

"제 판단이 마음에 들지 않는다면 저를 해고하세요. 이런 식으로 제 운영 방식을 문제 삼는 건 참을 수 없으니까요."

"허……!"

"그리고 아까 야디에르 알베스의 성공을 확신할 수 있냐고 물었죠? 네, 저는 확신할 수 있습니다. 야디에르 알베스는 다저스에 또 다른 사이영 상을 안겨줄 투수가 될 겁니다. 그리고 슬레이트 커쇼의 뒤를 이어 다저스의 에이스가 될 겁니다."

"흠……."

마크 월리엄 구단주는 그저 할 말이 없었다. 앤디 프리드먼 사장이 자신의 실책을 적당히 인정해 주길 바랐는데 표정을 보아하니 자신의 잔소리를 불필요한 간섭쯤으로 여기는 모양이었다.

물론 앤디 프리드먼을 구단의 사장 자리에 앉히고 선수단 운영의 전권에 가까운 권한을 보장한 건 그의 능력을 믿기 때문이었다.

하지만 그렇다고 해서 앤디 프리드먼 사장의 잘못된 판단까지 애써 웃어넘겨야 하는 건 결코 아니다.

"좋아, 자네가 그렇게 생각한다면 야디에르 알베스와 계약하게. 단, 조건이 있어."

"조건이요? 뭡니까? 야디에르 알베스가 성공하지 못하면 책임을 지란 말입니까?"

"아니, 고작 5천만 달러 때문에 유능한 관리인을 놓칠 생각은 없어."

"그럼요?"

"자네가 인정하지 못하겠다던 건의 계약은 내게 넘겨."

"……뭐라고요?"

"건은 내가 별도로 계약하겠다고. 이 정도 조건이면 이의 없겠지?"

마크 윌리엄 구단주가 단호하게 말했다. 구단주로서의 자존심을 떠나 앤디 프리드먼 사장에게 박건호를 맡기고 싶진 않았다.

'나를 뭐로 보고…….'

앤디 프리드먼 사장은 울컥 감정이 치밀었다. 마치 자신을 편견과 감정에 치우친 인간으로 보는 것 같아 화가 났다.

하지만 이제 와서 박건호의 가치를 인정하기에는 자존심이 상할 노릇이었다.

"좋습니다. 대신 야디에르 알베스 영입에 대해서는 더 이상 군말이 나오지 않도록 확실히 처리해 주십시오."

"좋아, 그렇게 하지."

마크 윌리엄 구단주는 그 자리에서 야디에르 알베스의 영입을 승인했다. 그러고는 박건호의 영입을 추진했던 제리 맥기 부단장을 불러들였다.

"부르셨습니까."

"건의 에이전트에게 제안했던 계약이 어떻게 되지?"

"계약금 35만 달러에 몇 가지 옵션이 추가된 기본적인 계약 조건입니다."

굳은 얼굴로 방을 나가는 앤디 프리드먼 사장과 마주친 탓일까. 제리 맥기 부단장이 기본적인 계약이라는 표현을 강조했다.

그러나 마크 윌리엄 구단주는 자신의 눈으로 직접 확인한 박건호를 35만 달러라는 헐값에 영입할 생각이 전혀 없었다.

"35만 달러의 판단 기준이 뭐지?"

"그게…… 한국 고교 유망주의 일반적인 계약 조건을 참고로 했습니다."

"그러니까 세부 등급 같은 게 있을 거 아냐."

"스, 스카우터의 의견을 종합한 결과 D등급 정도로 판단했습니다."

"D등급의 최대 기대치는?"

"다저스의 불펜 투수입니다."

"그러니까 박건호를 고작 불펜 투수감으로 놓고 데려오려

했다 이 말이로군."

마크 윌리엄 구단주가 보란 듯이 미간을 찌푸렸다. 그러자 제리 맥기 부단장의 눈동자가 요란스럽게 흔들렸다.

'뭐, 뭐야? 그러니까 박건호를 너무 과소평가했다는 이야기야?'

제리 맥기 부단장은 오전 내내 파렐 자이디 단장의 뒤치다꺼리를 하느라 정신이 없었다.

마크 윌리엄 구단주 맞이를 핑계로 파렐 자이디 단장이 떠넘긴 일거리를 처리하느라 박건호의 쇼케이스에도 참석하지 못했다. 당연히 쇼케이스에서 무슨 일이 벌어진 것인지 전혀 아는 바가 없었다.

하지만 제리 맥기 부단장은 눈치가 빨랐다. 마크 윌리엄 구단주의 말과 앤디 프리드먼 사장의 표정을 통해 대략의 상황을 금세 유추해 냈다.

'박건호가 한 건 했군. 쇼케이스에서 마크 구단주의 눈도장을 단단히 받은 게 확실해.'

제리 맥기 부단장이 길게 숨을 내쉬었다. 마크 윌리엄 구단주가 야디에르 알베스의 투구에 표정이 굳어졌다는 이야기를 듣고 내심 걱정했는데 그럴 필요가 없을 것 같았다.

"제 개인적으로는 박건호가 조금 더 높은 레벨의 투수가 될 수 있다고 판단했습니다. 하지만 스카우트 팀의 평가는 좀 달랐던 것 같습니다.”

“평가가 다른 이유가 뭔데?”

“박건호가 올해 실력이 급성장한 걸 불안 요소로 평가했던 것 같습니다. 게다가 공식 경기 데이터도 너무 적었고요. 고작 세 경기만으로 박건호를 있는 그대로 평가하기란 어려웠다고 생각됩니다.”

“그렇다면 제리, 자네의 생각은 어때?”

마크 윌리엄 구단주의 시선이 제리 맥기 부단장에게 향했다. 그러자 제리 맥기 부단장이 일말의 망설임 없이 대답했다.

“저는 최소 B등급의 유망주라고 판단했습니다.”

B등급이면 다저스의 선발 투수로 키워볼 만한 재목을 의미했다. 물론 B등급 내에도 수많은 세부 등급이 존재했지만 잘해야 불펜 투수감이라는 D등급과는 그 궤를 달리했다.

“B등급이라.”

마크 윌리엄 구단주가 묵묵히 고개를 끄덕였다. 그 정도면 털사에서 시작하는 게 좋겠다는 주변의 의견과 크게 다를 것 같지 않았다.

“보통 그 정도 유망주의 계약금은 어느 정도지?”

“선수마다 조금씩 다르지만 보통 100만 달러 선에서 계약하고 있습니다.”

“100만 달러라. 그럼 135만 달러 정도면 어떨까?”

마크 윌리엄 구단주가 박건호의 계약금 앞에 1을 덧붙였다. 그러자 흠칫 놀라던 제리 맥기 부단장이 냉큼 고개를 끄덕였다.

"좌완의 이점을 고려했을 때 적당하다고 생각됩니다. 실제로 메이저 리그 진출을 노리는 강승현의 계약금이 120만 달러 전후에서 이루어질 거란 전망이 나오고 있으니까요."

"강승현?"

"한국 고교 야구 랭킹 1위 선수입니다."

"건보다 훨씬 좋은 투수인가?"

"꼭 그렇다고 보긴 어렵습니다. 실제 올 시즌 맞대결에서는 박건호가 강승현에게 완승을 거두었으니까요."

"그래. 그렇다면 문제없겠군."

마크 윌리엄 구단주는 그 자리에 브라이언 최를 불렀다. 그리고 자신이 직접 보는 앞에서 박건호의 계약서를 새로 쓰라고 지시했다.

"갑자기 조건을 변경한 이유를 물어봐도 될까요?"

계약서를 꼼꼼히 확인한 브라이언 최가 마크 윌리엄 구단주를 바라봤다.

계약 조건은 처음과 비교조차 할 수 없을 만큼 좋았다. 하지만 돈만 밝히는 에이전트처럼 무턱대고 계약을 받아들이고 싶지는 않았다.

"이유가 뭐라고 생각합니까?"

마크 윌리엄 구단주가 씩 웃더니 브라이언 최에게 질문을 돌려주었다. 그러자 브라이언 최가 길게 숨을 고르며 입을 열었다.

"박건호 선수의 재능을 직접 확인하셨기 때문이겠죠. 하지만 그게 전부는 아닐 거라는 의심이 듭니다. 모든 구단이 제 값을 내고 유망주들을 데려오는 건 아니니까요."

브라이언 최는 자신이 알지 못하는 다른 이유 때문에 박건호의 몸값이 폭등한 건 아닐까 걱정했다. 그러나 그가 걱정하는 것처럼 불필요한 몸값이 포함되어 있는 건 아니었다.

"건이 오늘 보여준 피칭은 환상적이었습니다. 솔직히 말하자면 나는 야디에르 알베스보다 건의 피칭이 더 좋았습니다. 그런데 건은 고작 35만 달러의 계약금을 받는다고 하더군요. 내 입장에서는 용납이 되지 않았습니다. 그래서 계약 조건이 바뀐 겁니다."

마크 윌리엄 구단주가 웃으며 말했다. 하지만 고작 그 정도 설명으로는 브라이언 최의 의심을 풀어주기 어려웠다.

"초이, 당신도 알겠지만 메이저 리그에서 가장 중요한 건 실력입니다. 그리고 그 실력을 대변하는 게 바로 돈입니다. 나는 35만 달러라는 몸값 때문에 다른 이들이 건의 실력을 잘못 평가하길 원치 않습니다. 건의 재능을 보지 못하고 방치하다가 눈썰미 좋은 다른 구단에게 빼앗기는 꼴은 절대 보고 싶지 않습니다. 그래서 계약금을 올렸습니다. 제가 직접 나서서요. 이제 조금 설명이 됐나요?”

마크 윌리엄 구단주는 최대한 좋은 쪽으로 이유를 설명했다. 그렇다고 외부인에게 앤디 프리드먼 사장과 트러블이 있었다는 사실까지 전부 털어놓을 수는 없는 노릇이었다.

다행히도 브라이언 최는 마크 윌리엄 구단주의 진심을 더 이상 곡해하지 않았다.

“박건호 선수를 좋게 봐 주셔서 정말 고맙습니다.”

“아닙니다, 아니에요. 건은 충분히 그럴 자격이 있습니다. 그러니 초이, 건을 잘 돌봐주세요. 내 판단이, 내 안목이 틀리지 않았다는 걸 실력으로 입증해 주세요.”

“명심하겠습니다.”

이틀 뒤, 박건호는 간단하게 메디컬 테스트를 받았다.

“갑자기 구속이 늘어났다면 분명 어딘가에 문제가 있을 거야.”

앤디 프리드먼 사장은 박건호의 어깨를 집중적으로 살펴보라는 지시를 내렸다.

하지만 검사 결과는 이상 무. 특히나 어깨는 혹사와는 거리가 멀어 보인다는 보고에 앤디 프리드먼 사장도 입을 다물 수밖에 없었다.

그로부터 일주일 후.

“다저스의 일원이 된 걸 환영한다.”

마크 윌리엄 구단주가 참석한 가운데 박건호의 조촐한 입단식이 열렸다.

135만 달러라는 적지 않은 계약금을 받은 신인이 다저스의 유니폼을 입는 날이었지만 입단식장에 찾아온 기자는 생각만큼 많지 않았다.

같은 날 오후에 열릴 야디에르 알베스의 대대적인 입단식 때문에 박건호가 주목받지 못한 것이다.

참석한 기자들도 무덤덤한 얼굴로 카메라 셔터를 눌러댔다. 박건호에 대해서 형식적인 질문만 내던졌다.

하지만 그것도 잠시.

“건!”

뒤늦게 두 명의 손님이 모습을 드러내자 입단식의 분위기가 180도 달라졌다.

먼저 모습을 드러낸 건 정장을 멀끔하게 차려 입은 코일 시거였다.

“뭐야? 시거잖아!”

“허! 시거가 여긴 왜 온 거지?”

기자들이 다급히 카메라를 돌렸다. 설마하니 이름 모를 루키의 입단식에 다저스 미래의 4번 타자 코일 시거가 나타날 줄은 생각지도 못했다.

"봤지? 이게 나의 인기라고."

쏟아지는 플래시 세례를 즐기며 코일 시거가 박건호에게 다가갔다. 그리고 시키지도 않았는데 다정한 포즈를 연출했다.

"시거! 여기 좀 봐요!"

"하하, 이렇게요?"

"건하고 친한가요? 건에 대해서 한마디 해줘요!"

"건의 쇼케이스 때 제가 타석에 들어선 적이 있죠. 그때 정말 놀랐어요. 자세한 이야기는 나중에 기회가 되면 말하겠지만 어쨌든 저는 건이 다저스의 선수가 되길 진심으로 바랐습니다."

이런 자리에 익숙한 듯 코일 시거가 농담을 섞어가며 기자들을 리드했다. 덕분에 박건호는 입꼬리에 경련이 날 정도로 미소를 지을 수밖에 없었다.

그런 박건호를 구하듯 또 한명의 키 큰 사내가 뚜벅뚜벅 걸어 들어왔다.

"허샤이저다!"

"뭐? 누구!"

"와우! 젠장! 허샤이저야!"

"진짜 불독이 왔다고!"

코일 시거를 향했던 기자들의 카메라가 동시에 돌아갔다. 코일 시거가 제아무리 다저스의 미래라고는 하지만 사이영 상을 수상하고 다저스의 마지막 월드 시리즈 우승을 이끈 레전드를 이길 수는 없었다.

"자, 자. 진정들 해요. 오늘의 주인공은 내가 아니니까."

모렐 허샤이저가 밝게 웃으며 박건호의 옆에 섰다. 그러고는 박건호의 어깨에 손을 올리며 코일 시거 못지않은 다정한 모습을 연출해 냈다.

"모렐! 다저스로 돌아온 건가요?"

"대답해 줘요. 모렐! 다저스로 오는 거죠? 그렇죠?"

기자들은 모렐 허샤이저가 다저스에 복귀한 게 틀림없다고 확신했다. 그렇지 않고서야 모렐 허샤이저 같은 거물이 루키의 입단식에 참석하지는 않을 거라고 생각했다.

하지만 앤디 프리드먼-파렐 자이디 체제가 확실한 현 다저스에 모렐 허샤이저의 자리는 없다시피 했다. 그렇다고 운영 철학이 다른 앤디 프리드먼 사장의 보좌역을 맡을 수도 없는 노릇이었다.

"아직 그런 질문에는 대답할 수 없어요. 이해해 줘요. 단지 나는 건의 입단을 축하하기 위해 온 겁니다. 정말이에요."

모렐 허샤이저가 다저스 복귀에 선을 그었다. 며칠 전 마크 월리엄 구단주로부터 비슷한 제안을 받긴 했지만 아직은 시기상조라며 고개를 저었다.

그러나 기자들은 모렐 허샤이저가 고작 박건호 때문에 이 자리에 왔다는 사실을 이해하지 못했다.

"허샤이저, 혹시 시간을 잘못 알고 온 거 아니에요?"

기자 중 누군가가 보란 듯이 물었다. 오후에 있을 야디에르 알베스의 입단식에 참석해야 할 모렐 허샤이저가 박건호를 잘못 찾아왔다고 생각한 것이다.

그러자 모렐 허샤이저가 눈매를 굳히더니 해당 기자를 향해 똑바로 대답했다.

"나는 건의 입단을 축하해 주기 위해 왔습니다. 건은 내 모든 걸 전해 주고 싶을 정도로 재능이 뛰어난 투수니까요."

모렐 허샤이저가 박건호를 바라보며 말했다. 농담이 아니라 모렐 허샤이저는 19살 박건호가 보여준 피칭에서 아직까지도 헤어 나오지 못하고 있었다.

하지만 기자들은 모렐 허샤이저의 말을 곧이곧대로 받아들이지 않았다.

"모든 걸 전해 주고 싶은 재능이라니. 립 서비스가 지나치잖아."

"야디에르 알베스와 같은 날 입단식이 잡혀서 미안해서 이러는 거 아냐?"

"그게 뭐가 미안할 일이야? 계약금이 40배나 차이가 나는

데. 그렇다고 입단식을 생략한 것도 아니고 말야.”

“하긴. 마크 윌리엄 구단주까지 왔으니 이 정도면 구색을 갖춘 셈이긴 해.”

“그럼 대체 뭐야? 이건 무슨 쇼인 거야?”

혼란스러운 기자들의 시선이 모렐 허샤이저를 지나 마크 윌리엄 구단주에게 향했다. 지금 벌어지고 있는 이 한 편의 쇼에 대해 제대로 설명해 줄 수 있는 건 결국 마크 윌리엄 구단주밖에 없었다.

“먼저 이 자리에 참석해 준 코일 시거 선수와 다저스의 레전드, 모렐 허샤이저에게 진심으로 고맙다는 말을 전합니다. 건의 입단식 날짜에 대해 몇 번이고 물어봐서 내심 기대하긴 했는데 이렇게 한자리에서 보게 되니 정말 기분이 좋습니다.”

마크 윌리엄 구단주는 일단 자신의 권유로 코일 시거와 모렐 허샤이저가 참석한 건 아니라는 걸 분명하게 했다.

두 사람의 호의가 구단주의 강권으로 포장되는 순간 여론이 부정적으로 돌변할 거란 사실을 누구보다 잘 알고 있었기 때문이다.

“구단주가 부른 게 아니라고?”

“하긴, 코일 시거라면 몰라도 허샤이저를 부르는 건 쉽지 않았을걸?”

“그럼 코일 시거와 허샤이저 모두 개인적으로 참석했다는 이야기잖아?"

의심 가득했던 기자들의 표정이 한결 가벼워졌다. 그 틈을 놓치지 않고 마크 윌리엄 구단주가 박건호 띄우기에 들어갔다.

"처음 건과 계약하고 싶다는 제리의 보고를 받았을 때 나는 운명적으로 누군가를 떠올렸습니다. 네, 찬오. 한때 다저스의 에이스로 활약했던 찬오가 다시 다저스로 오는 것 같은 환상에 빠져 버렸습니다. 그래서 내 눈으로 직접 실력을 확인했습니다. 여기 있는 두 사람과 함께 말이죠. 그 결과가 바로 여러분이 보는 바입니다."

마크 윌리엄 구단주는 박건호에 대해 자세하게 설명하지 않았다. 기자들의 머릿속에는 135만 달러라는 계약금이 남긴 선입견이 자리 잡고 있었다. 박건호가 야디에르 알베스 못지않은 유망주라고 백날 떠들어 봐야 립서비스로 웃어넘길 게 뻔했다.

그래서 마크 윌리엄 구단주는 모두가 기억하는 박찬오를 들먹였다. 그리고 반신반의하는 기자들을 위해 모렐 허샤이저를 활용했다.

"모렐, 지난번에 내가 했던 제안. 아직 유효한가요?"

"건에 대한 제안 말이죠?"

"맞아요. 건이 더 나은 투수가 될 수 있도록 개인적으로 도와줄 수 있겠냐고 부탁했었죠. 어때요? 생각할 시간이 더 필요한가요?"

"하하. 생각할 시간 따위는 애당초 필요하지 않았습니다. 다만 걱정이 들었죠."

"건에 대한 걱정인가요?"

"아니, 아닙니다. 나에 대한 걱정이었습니다. 내가 과연 건에게 좋은 이정표가 되어줄 수 있을지에 대한 걱정. 하지만 그래도 해보고 싶습니다. 물론 그 전에 건이 허락해야겠지만요."

브라이언 최를 통해 마크 윌리엄 구단주와 모렐 허샤이저의 대화를 전해들은 박건호가 눈을 치떴다.

마크 윌리엄 구단주가 좋은 코치를 영입해 주겠다고 약속하긴 했지만 설마하니 그 대상이 모렐 허샤이저일 줄은 꿈에도 상상하지 못한 일이었다.

"어떻게 하시겠습니까? 박건호 선수가 대답을 해주셔야 할 것 같은데요."

분위기를 살피며 브라이언 최가 조심스럽게 물었다. 그럴 일은 없겠지만 만에 하나 박건호가 다른 코치를 원할지도 모른다고 여겼다.

그러자 박건호가 마른침을 꿀꺽 삼키며 물었다.

"허샤이저의 가르침을 받으려면 제가 뭐라고 대답해야 할까요?"

"불편하시다면 제가 대신 말을 전하겠습니다."

"아니, 그럴 순 없죠. 제 스승인데요."

"그렇다면……."

브라이언 최가 웃으며 박건호에게 간단한 영어 문장을 일러 주었다. 그러나 가뜩이나 긴장한 박건호의 입에 매끄러운 영어 표현이 붙을 리 없었다.

"더 쉬운 거 없어요?"

"하아, 더 쉬운 거라. 그렇다면 이렇게 하십시오."

잠시 고심하던 브라이언 최가 최후의 수단을 꺼냈다.

"에에? 그렇게 말해도 되는 거예요?"

"박건호 선수가 영어가 서툴다는 걸 다들 아니까 괜찮을 겁니다."

브라이언 최가 재촉하듯 말했다. 모두가 대답을 기다리고 있는데 이 자리에서 박건호의 영어 회화 수업을 할 수는 없는 노릇이었다.

"후우……."

크게 숨을 내쉰 뒤 박건호가 모렐 허샤이저를 바라봤다. 그리고 브라이언 최의 조언대로 짤막한 영어를 내뱉었다.

"나는…… 허샤이저가 좋습니다."

그 한마디에 기자들 사이에서 폭소가 터져 나왔다. 하지만 박건호의 걱정대로 그의 성정체성을 의심하는 이들은 아무도 없었다.

"건, 고맙다. 나도 네가 좋다."

모렐 허샤이저도 웃으며 박건호를 꼭 끌어안았다.

찰칵! 찰칵!

사방에서 셔터 소리가 요란스럽게 터져 나왔다. 그리고 그 사진들이 LA 지역 일간지들의 한 면을 장식했다.

2

[위즈 지명 선수 박건호, 다저스와 135만 달러 계약 체결!]

박건호가 다저스의 유니폼을 입었다는 소식은 사흘이 지나서야 국내에 전해졌다.

ㄴ박건호? 박건호가 누구야? 대학 선수야?

ㄴ세명 고등학교 3학년이라는데?

ㄴ세명 고등학교는 또 어딘데? 이거 오보 아니냐?

ㄴ그러게. 누군지도 모르는 애한테 다저스가 135만 달러? 뻥을 치려면 제대로 쳐라.

ㄴ우리 앤디 형 무시하냐? 앤디 형이 한국의 검증되지도 않

은 유망주에게 돈을 퍼줄 사람인 줄 아냐?

ㄴ뭔가 착오가 있었겠지. 강승현도 지금 100만 달러 받느니 못 받느니 그러고 있는데 박건호한테 135만 달러? 말도 안 되는 소리다.

국내 야구팬들은 박건호의 계약 사실에 코웃음을 쳤다. 설사 박건호가 다저스와 계약했더라도 135만 달러는 절대 아닐 거라며 무시해 버렸다.

하지만 그로부터 이틀 후.

[위즈, 좌완 기대주 박건호 다저스 입단에 아쉬움 토로.]

박건호를 지명했던 위즈 쪽에서 보도 자료가 나오자 분위기가 조금 달라졌다.

ㄴ헐. 오보인 줄 알았는데 진짜 135만 달러였네. 다저스가 미쳤나?

ㄴ그래도 위즈에서 뒷북치는 거 보면 박건호가 공 좀 던졌나 본데?

ㄴㅇㅂㅇ 올해 강승현, 이승훈하고 맞대결에서 전부 이겼다고 함.

ㄴ솔직히 나는 잘 모르겠던데 위즈 광팬인 내 친구 말로는 류현신 뺨 나는 투수였다고 함.

ㄴ류현신은 개뿔. 좌완이면 개나 소나 다 류현신이냐?

ㄴ체격도 좋고 포심 최고 구속이 157km/h였다는데?

ㄴ157km/h? 그럼 강승현보다 빠른 거 아니냐?

국내 야구팬들은 박건호가 쓸 만한 유망주였다는 사실을 인정했다. 하지만 딱 거기까지였다. 박건호가 정말로 메이저리그에 연착륙할 거라 기대하는 이들은 없다시피 했다.

심지어 다저스 팬들도 박건호가 류현신을 대신해 한국인 메이저리거의 명맥을 이을지 모른다는 기사를 보고 분노를 쏟아냈다.

ㄴ시팔, 장난하나. 어디 이름도 모르는 애를 메이저 리그 2년 연속 14승 한 류현신한테 가져다 대?

ㄴ박건호? 실력도 없는 게 벌써부터 언플하는 꼬라지를 보니 2, 3년 안에 국내 유턴 백퍼다. 그렇게 류현신 하고 싶으면 이글스 가라. 이글스 가서 에이스 되면 그때는 형이 인정해 줄게.

국내 스포츠 기자들은 툭하면 박건호와 박찬오, 류현신을 엮어서 조회수를 부풀렸다. 그때마다 기사에는 백여 개가 넘는 댓글들이 달리며 갑론을박이 펼쳐졌다.

그러나 정작 박건호는 국내의 여론을 전혀 알지 못했다. 모렐 허샤이저와 개별 훈련을 하느라 정신이 하나도 없었기 때문이다.

"좋아, 좋아. 조금씩 좋아지고 있어."

모렐 허샤이저는 말뿐인 개인 코치는 사양했다. 어쩌다 한두 번씩 얼굴을 들이밀면서 생색만 낼 생각도 전혀 없었다.

실제로 모렐 허샤이저는 박건호가 하루 빨리 메이저 리그 시스템에 적응하도록 잠자는 시간을 제외한 대부분의 시간을 박건호와 함께 보내려 노력했다. 덕분에 박건호도 감히 요령을 부릴 틈이 없었다.

"건, 크로스 스텝은 언제부터 사용한 거지?"

"중학교 때부터요. 코치님이 체격에 비해 구속이 별로 나오지 않는 거 같다고 권해주셨어요."

"작년 겨울에 투구 폼을 변경했다고 하던데 그때 스텝을 함께 교정할 생각은 하지 않았던 거야?"

"그게…… 습관이 되기도 했지만 좀 불안해서요."

"모든 걸 전부 뜯어고치다가 잘못될 수도 있다는 생각 때문에?"

"네, 코치님들도 크로스 스텝이 편하면 그렇게 던져도 상관

없다고 하셨고요."

"건, 내 생각은 조금 달라. 일단 네 포심 패스트볼은 크로스 스텝으로 던질 필요가 없을 만큼 좋아. 게다가 슬라이더도 좋고. 물론 크로스 스텝의 장점은 확실하지. 하지만 단점도 적지 않아. 나는 건이 위험 부담이 있는 크로스 스텝보다는 스퀘어 스텝으로 던져도 충분히 잘할 거라고 생각해."

박건호의 피칭을 면밀히 분석한 뒤 모렐 허샤이저는 가장 먼저 스텝 교정에 대해 이야기했다.

박건호의 크로스 스텝은 확실히 위협적이었다. 코일 시거가 박건호를 상대로 초반에 고전했던 가장 큰 이유도 공이 날아드는 궤적 자체가 생소했기 때문이다.

박건호가 크로스 스텝을 유지하면서 좌타자에게 강한 모습을 계속해서 보여준다면 메이저 리그 승격이 빨라질 수 있다.

하지만 보직은 좌타자 스페셜리스트를 겸한 불펜일 가능성이 높았다. 그래서 모렐 허샤이저는 박건호가 스퀘어 스텝으로 돌아오길 바랐다.

거의 대부분의 선수가 처음 공을 던질 때 스퀘어 스텝으로 시작했던 만큼 박건호의 스텝 교정도 크게 어렵지 않을 거라고 판단했다.

"꼭 스텝을 바꿔야 할까요?"

"건, 간단하게 생각해 봐. 크로스 스텝은 타자의 시야를 현

혹시키는 만큼 거리 손실이 생기게 마련이야. 거리 손실을 줄이면 공은 더 빨라져. 설사 구속이 늘어나지 않더라도 타자가 느끼는 체감 구속 자체가 달라진다고.”

모렐 허샤이저는 이론적으로 박건호를 충분히 이해시킨 뒤 교정 작업에 들어갔다. 다저스 레전드 투수라는 권위를 앞세워 박건호를 억지로 뜯어고치려 하지 않았다.

또한 모렐 허샤이저는 모든 걸 자신의 방식으로 뜯어고치려 하지도 않았다.

박건호가 세명 고등학교에서 배워온 개인 훈련법을 상당부분 인정했다. 스텝처럼 혹시라도 뭔가를 바꿔야 할 때는 다른 전문가들의 조언을 구했다. 필요하다면 세명 고등학교 코치들에게 직접 전화를 거는 것도 망설이지 않았다.

그렇게 스텝 교정이 계획대로 진행되자 모렐 허샤이저는 박건호의 힙 스러스트 자세를 짚고 넘어갔다.

“건, 이게 네 투구 동영상인데 이 부분을 봐. 여기. 그리고 이 투수의 동작을 봐. 무슨 차이가 느껴지지 않아?”

“글쎄요.”

“힌트를 주자면 엉덩이 쪽을 집중해서 봐.”

“엉덩이요? 흠……. 저보다는 이 투수가 조금 더 중심이 뒤쪽에 있는 것 같은데요?”

“그래, 잘 봤어. 내가 네 스텝을 교정한 가장 큰 이유 중 하나가 바로 이 힙 스러스트를 교정하기 위해서야."

"힙…… 뭐라고요?"

"힙 스러스트. 정확한 스펠링은 나중에 알려줄 테니까 나를 잘 보라고."

모렐 허샤이저는 키킹 이후 엉덩이를 벽 앞쪽으로 내미는 동작을 선보였다. 그러면서 힙 스러스트를 활용할 경우 투구 시 보다 힘을 받아서 빠르고 위력적인 공을 던질 수 있다고 설명했다.

"으으. 이거 되게 이상해요."

"하하. 이상할 수밖에 없어. 안 하던 동작을 의식해서 해야 하니까. 하지만 메이저 리그의 최정상급 투수는 모두 이 힙 스러스트를 사용할 줄 안다고. 네가 좋아하는 슬레이튼 커쇼도 마찬가지고."

크로스 스텝으로 던질 때 박건호는 엉덩이를 내미는 것 보다 스텝에 더 신경을 썼다. 그래서 힙 스러스트를 거의 생략하고 공을 던지곤 했다.

그래서 모렐 허샤이저는 크로스 스텝을 버리는 대신 힙 스러스트를 추가했다. 박건호처럼 체격 좋은 투수가 힙 스러스트까지 활용할 줄 안다면 지금보다 훨씬 더 위협적인 공을 던질 수 있을 거라 확신했다.

아울러 모렐 허샤이저는 박건호에게 자신의 전매특허인 투심 패스트볼과 싱커도 전수해 주었다.

"건, 커브는 모든 브레이킹 볼을 통틀어 가장 클래식한 구종이야. 선천적으로 커브를 잘 던지는 투수도 있지만 대부분은 너처럼 고생하지. 그러니까 커브를 빨리 익히겠다는 조바심은 버려. 대신 네가 마운드에서 보다 힘을 낼 수 있도록 투심과 싱커를 가르쳐 줄게."

박건호가 던지는 97mile/h(≒156.1㎞/h) 전후의 포심 패스트볼의 위력을 극대화시켜 줄 공은 역시나 커브였다. 거기에 수준급 체인지업까지 곁들인다면 지금의 구종만으로도 얼마든지 좋은 성적을 낼 수 있었다.

하지만 박건호는 아직 자신만의 커브를 던지지 못했다. 커브가 없으니 포심 패스트볼은 물론이고 체인지업의 위력도 반감될 수밖에 없었다. 그 약점을 보완하기 위해 모렐 허샤이저가 신구종을 제안한 것이다.

다행히도 모렐 허샤이저표 투심과 싱커는 박건호와 잘 맞았다. 제구가 마음먹은 대로 이루어지진 않았지만 던지는 요령만큼은 금세 터득해 냈다.

그렇게 겨울이 가고 봄이 찾아왔다. 그리고 박건호에게 시범 경기에 참여하라는 연락이 왔다.

본래 박건호는 올 시즌 다저스의 더블 A 구단인 털사에서 적응기를 갖도록 이야기가 끝이 난 상태였다.

하지만 파렐 자이디 단장은 박건호에 대한 언론의 관심이 높다는 이유로 야디에르 알베스와 함께 시범 경기에 참여하길 원한다는 뜻을 분명히 했다.

다저스의 투수 전문가가 전부 들러붙은 야디에르 알베스와 모렐 허샤이저에게 사사받은 박건호의 실력을 비교하기 위해 판을 깐 것이다.

"전 아직 마이너 리그에 데뷔조차 못 했는데 괜찮을까요?"

박건호가 당혹스런 얼굴로 모렐 허샤이저를 바라봤다. 마이너 리그에서도 어느 정도 실력을 검증받은 유망주나 참여하는 시범 경기에 이제 막 입단한 자신을 부른다는 게 내심 부담스럽기만 했다.

하지만 모렐 허샤이저는 걱정할 것 없다며 웃었다.

"시범 경기는 말 그대로 시범 경기야. 네가 잘 던져도 못 던져도 참고 데이터일 뿐이니까 전혀 신경 쓸 필요 없어."

"그래도 코치님 체면이 있는데 잘해야 하지 않을까요?"

"잘하면 좋은 거지. 하지만 네가 시범 경기에서 제 실력을 발휘하지 못한다 해도 상관없어. 네 말대로 넌 아직 마이너 리그에 데뷔조차 하지 않은 루키니까. 오히려 마이너 리그도 겪지 못했는데 시범 경기에서 잘 던지는 게 이상한 거라고."

다소 냉정하긴 했지만 모렐 허샤이저는 박건호가 시범 경기를 통해 다저스의 40인 로스터에 포함될 가능성을 낮게

봤다.

그렇다고 자신이 반한 박건호의 실력과 재능을 폄하하는 건 아니었다. 박건호가 아직 메이저 리그에 올라갈 준비가 되어 있지 않다고 생각한 것뿐이었다.

박건호가 아니라 그 이상의 재능을 갖춘 선수라 해도 메이저 리그에 안착하기 위해서는 어느 정도 적응기가 필요했다.

짧게는 한 시즌, 길면 세 시즌 정도.

모렐 허샤이저는 박건호가 마이너 리그에서 충분히 시행착오를 겪은 뒤에 메이저 리그에 올라가는 편이 낫다고 여겼다.

"건, 실력 이상의 무언가를 보여주겠다고 무리하진 마. 알았지?"

박건호가 스프링 캠프가 차려진 애리조나로 떠나는 날까지 모렐 허샤이저는 잔소리를 아끼지 않았다.

아직 투구 폼 교정이 100퍼센트 마무리되지 않은 상황에서 젊은 박건호가 괜히 분위기에 휩쓸리진 않을까 염려했다.

"박건호 선수는 더 이상 35만 달러짜리 유망주가 아닙니다. 135만 달러를 받는 기대주라고요. 그러니까 박건호 선수답게 당당하게 던지십시오. 아셨죠?"

브라이언 최는 반대로 박건호의 기를 살려주려 노력했다. 마이너 리그에서 유망주는 물론이고 초청 선수들, 메이저 리그 선수들까지 한데 어우러져 경기를 치르다 보니 박건호가 괜히 주변의 눈치를 볼까 봐 걱정이 든 것이다.

"걱정 마세요. 저도 연습 경기다 생각할 테니까."

박건호는 자신이 시범 경기에서 중용될 거라고는 전혀 기대하지 않았다. 기껏해야 서너 경기, 불펜으로 등판해 기량 점검을 받는 게 전부일 거라고 생각했다.

하지만 일찌감치 앤디 프리드먼 사장에게 불려갔다 온 데빈 로버츠 감독은 박건호를 놀릴 생각이 전혀 없었다.

"건에게 6회쯤 마운드에 올릴 테니까 몸을 풀고 있으라고 전해 줘요."

멍하니 벤치에 앉아 있는 박건호에게 릭 허니컴 투수 코치가 다가와 말했다. 그러자 박건호의 전담 통역사 레이첼이 당혹스런 표정을 지었다.

"첫날부터 등판이에요?"

"감독님이 건의 투구를 보고 싶으시다는군요."

"의외네요. 저는 하루 이틀 정도 적응할 시간을 주실 줄 알았거든요."

여자이긴 하지만 레이첼은 메이저 리그 경력이 적지 않은 통역사였다. 그래서 박건호에게 이 어수선한 분위기를 즐기라고 조언 아닌 조언까지 건네 놓은 상태였다.

그런데 등판이라니.

'대체 무슨 꿍꿍이인 거지?'

레이첼의 가느다란 시선이 저만치 서 있는 데빈 로버츠 감독에게 향했다. 그러자 릭 허니컴 코치가 난감한 듯한 표정을 지었다.

"레이첼, 무슨 생각을 하는지 알겠는데 그거, 건에게는 말하지 말아줘요."

"그러니까 제가 오해하는 게 아니란 말이죠?"

"하하. 레이첼, 좋은 게 좋은 거라고 생각해 줘요. 혹시 알아요? 건이 좋은 모습을 보여줄지."

멋쩍게 웃던 릭 허니컴 코치의 시선이 박건호에게 향했다. 덩치만 컸지 아직 어린애에 불과한 19살 소년을 어른들의 힘싸움에 휘둘리게 하고 싶진 않았지만 일개 코치에 불과한 그로서도 다른 방법이 없었다.

"지금부터 내가 하는 말, 건에게 잘 전해 줘요."

"아, 네. 말씀하세요."

"건은 이 분위기대로라면 아마 중심 타선을 상대할 가능성이 높아요."

"주, 중심 타선이요?"

"그렇게 놀랄 건 없어요. 어차피 인디언스도 주전을 거의 빼놓고 경기하고 있으니까."

다저스의 첫 시범 경기 상대 팀은 7차전 접전 끝에 월드시리즈 우승을 놓친 인디언스였다. 하지만 스타팅 라인업의 무게감은 월드 시리즈 준우승 팀답지 않았다. 주전이라고는 단 두 명, 프란세스 린도어와 카를로 산타나밖에 출전하지 않았다.

문제는 그 두 명이 나란히 3번과 4번에 배치됐다는 점이다.

“이대로 투수들이 잘 막아준다면 9번부터 상대하게 될 겁니다. 하지만 분위기상 남은 두 이닝을 삼자범퇴로 막을 가능성이 높진 않아요. 안타 한두 개 정도만 나와도 중심 타선이니까 프란세스 린도어와 카를로 산타나와 싸울 준비를 해둘 필요가 있어요.”

16장
뜨거운 감자(2)

오늘 선발로 마운드에 오른 투수는 다저스 팜에서도 손꼽히는 유망주 호세 라이언이었다. 올해 25살의 젊은 우완 투수로 지난 시즌 메이저 리그에 올라와 4경기에서 2승을 챙기며 데빈 로버츠 감독의 눈도장을 받은 상태였다.

캠프에 합류한 호세 라이언은 유망주 중에서도 몸 상태가 가장 좋아 보였다. 그래서 데빈 로버츠 감독은 첫 경기 선발로 낙점했다. 그리고 호세 라이언은 데빈 로버츠 감독의 기대에 부응하듯 앞선 3이닝 동안 인디언스 타선을 꽁꽁 틀어막았다.

피안타 없이 사사구 두 개만 내주면서 삼진은 4개나 챙겼다. 시범 경기 초반이 아니라 막판이었다면 40인 로스터는 물론이고 25인 로스터에도 이름을 올릴 만한 피칭이었다.

하지만 릭 허니컴 코치는 호세 라이언의 호투가 오래가지 못할 거라고 내다봤다.

"전체적으로 제구가 되지 않고 있어요. 경기 초반에야 타자들이 속아줬지만 이대로 가다간 위기가 찾아올 겁니다."

릭 허니컴 코치의 예상은 정확했다. 4회 초 마운드에 오른 호세 라이언은 3번 프란세스 린도어와 4번 카를로 산타나에게 연속 2루타를 얻어맞고 첫 실점을 했다.

이후 5번 타자 덴 아더를 풀카운트 접전 끝에 삼진으로 돌려세웠지만 6, 7번 타선에 들어선 마이너 리그 타자들에게 연속 안타를 허용하며 추가로 한 점을 더 내주고 말았다.

"투수를 바꾸는 게 좋겠군."

1사 1, 3루 위기 상황에서 데빈 로버츠 감독은 호세 라이언을 강판시키고 브루스 스튜어트를 마운드에 올렸다.

브루스 스튜어트는 8번 타자를 3구 만에 유격수 땅볼로 유도하며 단숨에 두 개의 아웃 카운트를 잡아냈다. 그것으로도 모자라 5회 다시 마운드에 올라 세 타자를 삼자범퇴로 돌려세우고 제몫을 다했다.

"건! 이제 네 차례야."

5회 말 다저스의 공격이 득점 없이 끝나자 불펜 코치 조시 브레드가 박건호에게 소리쳤다.

"하나만 더요!"

박건호는 손에 쥐고 있던 공을 불펜 포수로 합류한 조나단에게 힘껏 내던졌다.

퍼엉!

묵직한 포구 소리가 불펜을 요란스럽게 흔들었다.

"건, 패스트볼하고 슬라이더가 좋아. 체인지업이 좀 밋밋하게 들어오는 것 같아. 그 점에 유의하라고. 알았지?"

"투심하고 싱커는 어때?"

"나쁘진 않아. 하지만 결정적일 때 던지는 건 좀 위험해 보여."

"오케이."

"그리고 포수가 오스틴이지? 실력은 좋은데 고집이 좀 센 편이야. 처음에는 적당히 맞춰주는 게 좋을 거야."

"그러다 얻어맞으면?"

"오스틴도 백업 포수 자리를 놓고 경쟁하고 있어. 이미 3점을 내줬으니까 너를 어렵게 만들지 않을 거야."

조나단이 박건호의 어깨를 감싸며 말했다. 박건호 덕분에 다저스의 불펜 포수로 채용이 되어서인지는 몰라도 두어 달 못 본 사이에 조나단의 한국어 실력이 몰라볼 정도로 늘어 있었다.

"고마워, 조나단."

박건호가 조나단의 어깨를 툭 치고 불펜을 나섰다. 마운드 위에는 릭 허니컴 투수 코치와 포수 오스틴 번이 박건호가 오기만을 기다리고 있었다.

"건, 공 받아."

"네, 코치님."

"그런데 정말 3번 타자부터 시작이야. 괜찮겠어?"

릭 허니컴 코치는 박건호에게 첫 경기부터 3, 4, 5번으로 이어지는 인디언스의 중심 타선을 맡기는 게 미안했다.

6회부터 맡긴다고 사전에 통보하긴 했지만 마이너 리그에 데뷔조차 하지 못한 루키에게 메이저리거를 상대하라는 건 조금 잔인한 결정처럼 느껴졌다.

그러나 박건호는 대수롭지 않게 주억거렸다.

"각오하고 있었습니다."

"하하. 긍정적이어서 좋군. 첫 경기니까 긴장하지 말고 편하게 던지라고. 시범 경기에서 진다고 해서 세상이 무너지는 건 아니니까 말이야."

"네, 코치님."

"리드는 오스틴이 할 거야. 건, 너는 오스틴의 사인을 보고 던지면 돼."

"알겠습니다."

"오스틴, 스코어 확인하고 있는 거지?"

"네."

"잘 막아 달라고. 더 이상 실점은 어려울지 몰라."

릭 허니컴 코치가 마운드를 내려가자 오스틴 번이 기다렸다는 듯이 한숨을 내쉬었다.

3 대 0으로 끌려가고 있는 상황에서 몇 개월 전에 계약한 생짜 루키와 호흡을 맞춰야 한다는 현실이 답답해진 것이다.

덩달아 박건호의 눈매도 굳어졌다. 포수가 마운드 위에서 저런 표정을 짓고 있는데 달가워할 투수는 아무도 없었다.

하지만 박건호는 치미는 감정을 속으로 억눌렀다. 첫 등판부터 다저스의 백업 포수로 활약하고 있는 오스틴 번과 부딪쳐 봐야 좋을 게 없다고 여겼다.

"오스틴, 건에게 하고 싶은 말이 있으면 전해 줄게요."

박건호의 눈치를 보며 레이첼이 조심스럽게 입을 열었다.

"코치 말 들었지? 사인은 내가 낸다. 넌 내가 시키는 대로만 던지면 돼."

오스틴 번은 퉁명스럽게 한마디 내뱉고는 그대로 몸을 돌렸다. 고작 박건호 따위에게 이런저런 말을 해봐야 입만 아플 뿐이라고 판단한 모양이었다.

"허……!"

박건호는 그저 헛웃음만 났다. 지금껏 적잖은 포수와 호흡을 맞춰왔지만 이런 식의 푸대접은 처음이었다.

그러자 레이첼이 애써 웃으며 박건호를 달랬다.

"건, 너무 신경 쓰지 마요. 원래 루키에게는 야박한 곳이잖아요."

"후우……."

"그래요. 그렇게 마음 가라앉히고 힘내요. 참, 오스틴 선수가 사인은 본인이 낼 테니 잘 던져 달라고 했어요."

말을 마친 레이첼이 총총거리며 마운드를 내려갔다. 아무래도 흔치 않은 여자 통역사다 보니 선수들의 시선이 레이첼에게 몰려들었다.

그사이 박건호는 가볍게 연습 투구에 들어갔다. 마음 같아선 '내가 박건호다'라고 보여주고 싶었지만 연습 투구에서 쓸데없이 힘을 빼는 건 바보 짓 같다는 생각에 꾹 참았다.

연습 투구가 끝나자 구심이 다시 경기를 속개시켰다. 그리고 선두 타자이자 3번 타자 프란세스 린도어가 천천히 타석으로 들어왔다.

93년생, 푸에르토리코 출신으로 지난 시즌 팀 최다 안타와 최다 득점을 기록하며 인디언스 공격의 첨병이라 불리고 있었다.

"생각보단 작네."

방망이를 추켜든 프란세스 린도어는 호리호리한 체격이었다. 프로필상으로는 180㎝에 80㎏ 전후.

15개의 홈런포를 쏘아내긴 했지만 장타에 집중하는 거포보다는 콘택트 능력을 기본으로 한 중장거리형 타자처럼 느껴졌다.

“제구에 신경을 써야겠어.”

가볍게 로진백을 주무른 뒤 박건호가 투수판을 밟았다. 그러자 오스틴 번이 성의 없게 사인을 냈다.

구종은 포심 패스트볼.

코스는 바깥쪽.

오른쪽 타석에 들어와 있는 프란세스 린도어에게 얻어맞지 않도록 최대한 멀리 공을 던지라는 이야기였다.

“후우…….”

사인을 확인한 박건호가 길게 날숨을 내뱉었다. 자존심이 상하긴 했지만 오늘 처음 보는 루키의 능력을 불신하는 오스틴 번을 탓할 수도 없는 노릇이었다.

‘좋아, 원하는 대로 던져 주지.’

박건호가 손아귀에 든 공을 단단히 움켜쥐었다. 그러고는 오스틴 번의 미트를 향해 힘껏 공을 내던졌다.

퍼엉!

바람 소리와 함께 날아간 공이 홈 플레이트 바깥쪽을 지나 포수의 미트 속에 파묻혔다.

“와우.”

프란세스 린도어가 가볍게 탄성을 내뱉었다. 설마하니 박건호가 이 정도로 빠른 포심 패스트볼을 던질 것이라고는 예상하지 못한 얼굴이었다.

포수 마스크에 가려진 오스틴 번의 눈동자도 크게 흔들렸다. 홈 플레이트에 걸치는 공을 요구해 봐야 십중팔구 엉뚱한 공이 날아올 테니 아예 바깥쪽으로 빠져 앉았는데 자신이 요구하는 그 코스로 공이 정확하게 들어올 줄은 몰랐던 것이다.

하지만 오스틴 번은 이렇다 할 리액션 없이 박건호에게 공을 돌려주었다. 고작 초구 하나만 가지고 박건호의 실력을 섣불리 단정할 수는 없다고 여겼다.

'자, 루키. 자신 있으면 다시 한번 던져 봐라.'

오스틴 번이 2구째도 바깥쪽 포심 패스트볼을 요구했다. 그런데 미트의 위치가 달라졌다.

초구 때는 홈 플레이트에서 공 3개 정도 빠지는 코스였는데 이번에는 그 간격이 공 1개 반 정도로 줄어들어 있었다. 심판의 스트라이크존에 아슬아슬하게 걸치는 공을 던져 보라는 소리였다.

"한 번 더 테스트해 보겠다 이거지?"

박건호는 군말 없이 고개를 끄덕였다. 그러고는 곧장 투수판을 박차며 공을 내던졌다.

후앗!

박건호의 손끝을 빠져나간 공이 오스틴 번의 미트 쪽으로 날아들었다. 그 순간.

“어딜!”

프란세스 린도어가 망설이지 않고 방망이를 휘돌렸다.

따악!

둔탁한 소리와 함께 타구가 1루 쪽 관중석으로 뻗어 나갔다. 동시에 프란세스 린도어의 입에서 아쉬움이 터져 나왔다.

“젠장할. 늦다니.”

초구와 비슷한 공이 눈에 들어올 때까지만 해도 프란세스 린도어는 충분히 타이밍을 맞출 수 있다고 여겼다.

그런데 예상보다 빠르게 공이 자신의 배팅 존을 통과했다. 그 미묘한 차이가 라인 선상 쪽으로 뻗어 나갈 장타를 평범한 파울 타구로 만들어버렸다.

“후우…….”

애써 흥분을 가라앉힌 뒤 프란세스 린도어가 다시 타석에 들어섰다. 그러고는 바깥쪽 코스에 모든 신경을 집중했다.

볼카운트는 원 스트라이크 원 볼.

투수와 타자, 어느 쪽에도 유리하지 않은 볼카운트였다. 하지만 프란세스 린도어는 여전히 자신이 유리한 고지에 있다고 생각했다.

상대는 루키다. 지난해 말에 계약했다는 19살의 생짜 루키였다. 제법 괜찮은 공을 던진다지만 그래 봐야 루키일 뿐이다.

낯선 환경. 3 대 0으로 끌려가는 경기 흐름. 맞고 싶지 않다는 본성. 현역 메이저리거에 대한 두려움. 이 모든 게 뒤섞이고 나면 감히 몸 쪽을 찔러들 용기를 내지는 못할 것이라고 여겼다.

반면 프란세스 린도어에게는 아직 마음에 드는 공을 맘껏 휘두를 수 있는 한 번의 기회가 남아 있었다.

원 스트라이크 상황에서 헛스윙을 해봐야 투 스트라이크가 될 뿐이었다. 그 차이를 오스틴 번이 모르지는 않을 터. 분명 바깥쪽 승부를 걸어올 것이라고 확신했다.

'뭘 던져 올까? 체인지업? 커브?'

프란세스 린도어는 포심 패스트볼보다 변화구 쪽에 초점을 맞췄다. 생전 처음 보는 투수의 변화구를 때려낸다는 게 말처럼 쉬운 일은 아니지만 적어도 스트라이크존을 통과하는 공이라면 충분히 공략해 낼 자신이 있었다.

그러나 오스틴 번은 뻔한 볼 배합으로 프란세스 린도어에게 또다시 안타를 얻어맞을 생각이 없었다.

'자, 날 믿고 여기다 던져라.'

오스틴 번이 박건호를 똑바로 바라보며 사인을 냈다.

구종은 포심 패스트볼.

코스는 몸 쪽.

어지간한 투수였다면 지레 겁을 먹고 고개를 흔들 만한 요구였다.

하지만 박건호는 오히려 씩 웃었다. 오스틴 번이 프란세스 린도어와의 승부를 피하면 어쩌나 걱정했는데 그 정도로 겁쟁이는 아닌 모양이었다.

"좋아, 간다."

천천히 숨을 고른 뒤 박건호가 힘차게 오른 다리를 들어올렸다. 그러고는 힘껏 디딤발을 뻗으며 온몸을 앞으로 내던졌다.

퍼엉!

박건호의 손끝을 빠져나온 공이 순식간에 홈 플레이트를 지나쳐 오스틴 번의 미트를 흔들었다.

"스트라이크!"

동시에 구심의 입에서 시원시원한 콜이 터져 나왔다.

"……!"

타석에서 한 발 물러서며 프란세스 린도어는 말을 잇지 못했다.

몸 쪽이라니. 그것도 포심 패스트볼이라니.

누가 메이저리거고 누가 루키인지 모를 공이 들어와 버렸다. 게다가 다소 깊다 싶은 공이 오스틴 번의 프레이밍에 스트라이크로 둔갑해 버렸다.

'젠장할!'

프란세스 린도어가 뒤늦게 이를 악물었다. 하지만 이제 와 후회하기에는 너무 늦었다.

투 스트라이크 원 볼.

투수에게 절대적으로 유리한 볼카운트에서 오스틴 번이 선택한 공은 바깥쪽으로 파고드는 백도어성 슬라이더.

퍼엉!

박건호는 망설이지 않고 오스틴 번의 미트 속에 공을 꽂아 넣었다. 2구보다 살짝 빠지는 느낌에 프란세스 린도어가 일부러 방망이를 내밀지 않았지만 정작 공은 마지막 순간에 스트라이크존을 걸쳐 들어와 버렸다.

"스트라이크, 아웃!"

구심이 곧장 삼진을 선언했다. 프란세스 린도어가 억울하다는 듯 잠시 구심을 바라봤지만 판정은 번복되지 않았다.

그 모습을 지켜보던 다저스의 코치들이 하나같이 감탄을 터뜨렸다.

"호오. 저 친구, 배짱 있는데? 오스틴이 리드하는 대로 정확하게 던지고 있어."

"방금 뭘 던진 거지? 커터인가?"

"본인은 슬라이더라는데 느낌은 확실히 커터에 가까운 거 같은데요?"

"커브 하나 던지지 않고 프란세스 린도어를 잡아내다니. 하하. 정말 재미있는 녀석이 들어왔어."

다저스 코치들은 칭찬 일색이었다. 앞선 두 타석에서 사사구 하나와 2루타를 때려내며 선취득점을 올린 프란세스 린도어를 상대로 삼진을 잡아냈으니 속이 후련하다는 반응들이었다.

"흠……."

데빈 로버츠 감독도 묵묵히 고개를 끄덕였다. 박건호와 야디에르 알베스를 자주 경기에 투입해 실력을 파악하라는 파렐 자이디 단장의 요구를 받았을 때만 하더라도 다소 월권같이 느껴졌는데 던지는 걸 보니 확실히 평범한 루키는 아닌 것 같았다.

"저 친구 계약금이 얼마라고 했지?"

"100만 달러가 조금 넘는 것으로 알고 있습니다."

"야디에르 알베스는 5천만 달러를 줬다고 했지?"

"사치세 포함이니까 실제로는 그 절반 정도겠죠."

"100만 달러짜리 투수가 이 정도면 5천만 달러짜리 투수는 훨씬 대단하겠지?"

"야디에르 알베스를 준비시킬까요?"

"그래, 기왕 이렇게 된 거 한번 보자고. 윗분들의 기대를 한 몸에 받고 있는 루키들의 실력을 말이야."

데빈 로버츠 감독의 지시를 받은 밥 그린 벤치 코치가 야디에르 알베스에게 다가갔다.

그사이 박건호는 4번 타자 카를로 산타나를 3구 만에 2루수 땅볼로 돌려세우고 두 번째 아웃 카운트를 챙겼다.

"젠장할!"

더그아웃으로 몸을 돌리며 카를로 산타나가 욕지거리를 내뱉었다. 타격 직전 체인지업이라는 걸 알고 허리를 멈춰 세우려 했는데 방망이 끝에 공이 걸려 허무하게 아웃을 당하니 짜증이 배로 치밀어 올랐다.

믿었던 3, 4번 타자가 맥없이 물러나자 인디언스 테리 프랑크 감독도 가만히 보고만 있지 않았다.

존 패터슨.

더블 A에서 좌완 킬러로 명성을 떨치고 있는 유망주를 대타로 내보낸 것이다.

흥! 후웅!

존 패터슨의 방망이가 매섭게 허공을 갈랐다. 스윙만 놓고 보자면 앞서 타석에 들어섰던 프란세스 린도어나 카를로 산타나보다 더 메이저 리그처럼 느껴졌다.

'여기서 얻어맞으면 피차 손해야.'

우타석에 들어온 존 패터슨을 상대로 오스틴 번은 초구에 바깥쪽 꽉 차는 코스를 요구했다.

구종은 슬라이더.

딱 봐도 빠른 공 하나는 기가 막히게 잘 칠 것같이 생긴 존 패터슨에게 패스트볼을 던져 줄 생각은 없었다.

'좋아.'

박건호도 고개를 끄덕였다. 앞서 두 명의 메이저리거를 잘 잡아냈으니 이번에도 오스틴 번의 리드를 따를 생각이었다.

후앗!

박건호가 힘껏 내던진 공이 존 패터슨의 시야 먼 쪽으로 날아들었다.

'내가 이런 공에 속을 줄 알고?'

존 패터슨은 방망이를 내밀지 않았다. 이런 공에 허무하게 방망이를 돌렸다간 시범 경기가 끝나기도 전에 마이너 리그로 쫓겨날 거라 생각했다.

그런데 마지막 순간에 안쪽으로 빠르게 휘어져 들어온 공이 그대로 홈 플레이트 모서리를 꿰뚫고 포수의 미트 속에 파묻혔다.

"스트라이크!"

구심이 가볍게 손을 들어 올렸다. 존 패터슨이 휘둥그레진 눈으로 고개를 돌려봤지만 구심의 표정은 달라지지 않았다.

"진짜 들어왔어요?"

"그래."

"프레이밍에 속은 거 아니에요?"

"퇴장당하고 싶어?"

"크윽!"

존 패터슨은 입술을 질근 깨물었다. 분명 볼인데, 볼이 확실한데 구심이 오스틴 번의 미트질에 속아 넘어간 거라고 생각했다.

'이걸 프레이밍으로 봤다 이거지?'

오스틴 번은 헷갈려 하는 존 패터슨을 위해 2구째도 바깥쪽 슬라이더를 요구했다.

퍼엉!

박건호의 손끝을 빠져나온 공이 또다시 오스틴 번의 미트에 처박혔다. 이번에는 공 반 개 정도가 빠져나갔지만 오스틴 번은 능청스럽게 공을 안쪽으로 밀어 넣었다. 그리고 조금 전 존 패터슨의 건방진 항의를 가슴에 담아두었던 주심은 더 큰 목소리로 스트라이크를 외쳤다.

"미치겠네!"

존 패터슨은 억울한 마음에 방방 뛰었다. 더그아웃 쪽으로 고개를 돌리며 왜 가만히 있느냐고 제스처를 취하기도 했다.

하지만 고작 시범 경기에서 메이저 리그 선수도 아닌 더블A의 유망주의 기를 살려주기 위해 심판과 대거리를 할 메이저 리그 감독은 존재하지 않았다.

"흠……."

테리 프랑크 감독이 길게 신음했다. 잘만 키우면 확실한 대타 카드로 쓸 만하다는 보고를 받고 기대를 가졌었는데 배터리의 볼 배합에 휘둘려 쩔쩔매는 애송이었다는 사실이 그를 씁쓸하게 만들었다.

그러자 브래드 밀러 벤치 코치가 냉큼 화제를 바꿨다.

"그나저나 저 투수 제법이네요. 듣기로는 스텝을 교정한 지 얼마 안 됐다고 하던데 밸런스가 좋아 보입니다."

"스텝을 교정했다고?"

"네, 원래 1루 쪽으로 상당히 치우치는 크로스 스텝이었는데 모렐 허샤이저가 스퀘어 스텝에 가깝게 고쳐 놓았다고 합니다. 그래서 100만 달러 유망주를 망치는 건 아닌가 싶었는데…… 오늘 보니까 그 이유를 알 것 같네요."

브레드 밀러 코치는 존 패터슨을 비난하는 대신에 박건호를 추켜세웠다. 괜한 말이 아니라 마운드에 오르기가 무섭게 인디언스의 주축 타자 두 명을 깔끔하게 막아내는 걸 보니 확실히 재능이 있어 보였다.

"흠……. 확실히 밸런스는 좋아 보이는군. 구속은 어느 정도지?"

"슬라이더는 88mile/h(≒141.6km/h) 정도 되는 거 같습니다."

"패스트볼은?"

"스카우터의 말에 따르면 한국에서 97.5mile/h까지 던졌다는데 일단 오늘 나온 최고 구속은 94mile/h 정도입니다."

"94mile/h인데 저렇게들 쩔쩔맨단 말이야?"

테리 프랑크 감독이 혀를 내둘렀다. 체격이 좋은 좌완 투수라고는 하지만 94mile/h(≒151.3㎞/h)의 포심 패스트볼은, 숫자만 놓고 보자면 그리 위협적인 공이 아니다.

그런데도 프란세스 린도어와 카를로 산타나는 박건호의 포심 패스트볼에 제대로 타이밍을 잡지 못했다.

시범 경기인 것도 좋고 위기의식이 별로 없는 붙박이 주전이라는 것도 이해하겠지만 중심 타자가 생짜 루키에게 쩔쩔매는 모습에 감독으로서 자존심이 상했다. 그래서 좌완 킬러라는 존 패터슨을 내보냈건만.

퍼엉!

"스트라이크, 아웃!"

바깥쪽 높게 형성된 포심 패스트볼에 맥없이 헛방망이질을 하고 말았다.

"저 친구, 돌려보내."

"예에? 벌써요?"

"초반에 날고 기던 마이너리거도 후반 가면 죽 쓰는 거 몰라? 처음부터 저래 버리면 답이 없다고."

냉정하긴 했지만 테리 프랑크 감독의 말은 틀리지 않았다.

시범 경기 초반이야 서로 유망주들을 테스트하다 보니 전체적으로 수준이 낮은 경기가 지속될 수밖에 없었다.

하지만 중반 이후로는 다르다. 주전들의 컨디션 점검과 준주전급 선수들의 자리싸움이 시작되면 경기 분위기는 시즌에 버금갈 정도로 뜨거워진다.

마이너 리그에서 올라온 유망주들이 시범 경기 막판까지 살아남기 위해서는 초반에 최대한 많은 점수를 따놓아야 했다. 야금야금 점수를 깎아먹더라도 어느 정도 남는 게 있어야 감독의 눈에 한 번 더 들 수 있었다.

하지만 존 패터슨처럼 첫 타석부터 삽질을 하면 경쟁 자체가 어려워질 수밖에 없었다.

첫 타석의 실수는 다음 타석에 부담으로 작용할 테고 그렇게 두 타석, 세 타석 계속 실패하다 보면 자신감까지 떨어져서 스스로 무너지고 말 것이다.

그런 점에서 박건호의 첫 등판은 다저스 코칭스태프에게 깊은 인상을 남기기에 충분했다.

"나이스 피칭."

"잘했어, 건."

마이너 리그를 거치지도 않고 시범 경기에 무임승차한 루키를 반쯤 이방인 취급하던 선수들도 박건호에게 먼저 손을 내밀었다. 고작 1이닝에 불과했지만 짧은 시간에 보여준 박건호의 가능성을 다들 눈여겨보기 시작한 것이다.

포수 오스틴 번도 태도가 180도 변했다.

"건, 이쪽에 앉아."

"아……."

"앞으로 나랑 계속 호흡 맞추고 싶으면 잔소리 말고 앉아. 나도 너처럼 덩치 큰 남자는 별로 안 좋아하니까."

오스틴 번이 싫다는 박건호를 억지로 옆자리에 끌어 앉혔다. 그러고는 저만치 멀뚱히 서 있는 레이첼에게 다가오라고 손짓을 했다.

"지금부터 내가 하는 말 이 녀석에게 잘 전해 줘요."

오스틴 번은 박건호에게 7회에 상대할 타자들에 대한 설명을 늘어놓았다.

박건호의 7회 등판이 확정된 건 아니었지만 오스틴 번은 막무가내였다. 마치 7회에도 박건호와 함께 호흡을 맞추겠다며 코칭스태프들에게 어필이라도 하는 것 같았다.

그 모습을 지켜보던 릭 허니컴 투수 코치도 어쩔 수 없다는 표정을 지었다.

"6번부터 시작되는 하위 타선이니까 건에게 조금 더 맡기는 게 좋을 거 같습니다."

"투구 수가 몇 개였지?"

"딱 10개입니다."

"10개라. 야디에르 알베스는?"

"빠르면 7회에 올릴 수도 있다고 이야기 해놓긴 했습니다만 건이 워낙 빨리 6회를 끝내 버려서요. 아마 조금 더 시간을 줘야 할 것 같습니다."

"흠……."

잠시 고심하던 데빈 로버츠 감독이 고개를 끄덕였다. 여기서 박건호의 테스트를 끝내면 긍정적인 보고서를 올릴 수밖에 없었다.

하지만 느낌상 파렐 자이디 단장이 '박건호의 피칭이 좋았다'는 내용을 달가워할 것 같지 않았다.

'괜한 소리 듣지 않으려면 확실한 데이터가 필요해.'

데빈 로버츠 감독은 앤디 프리드먼 사장과 마크 월리엄 구단주 간의 힘겨루기에는 별로 관심이 없었다. 그의 목표는 단 하나. 선수들을 잘 이끌고 다저스의 오랜 숙원인 월드 시리즈 우승을 이루는 것뿐이었다.

그러기 위해서는 시범 경기를 통해 선수들의 기량을 면밀히 체크해 놓아야 했다.

고작 25인 로스터로 감당하기에 메이저 리그의 한 시즌은 길고 험난했다. 40인 로스터를 알차게 채우는 것은 물론이고 언제든 메이저 리그로 콜업할 수 있을 만한 유망주들을 미리미리 확보하지 못한다면 월드 시리즈 우승은 둘째 치고 포스트 시즌 진출조차 장담하기 어려웠다.

"건! 컨디션은 어때?"

"괜찮습니다."

"그럼 7회에도 던져 보라고."

릭 허니컴 코치는 굳이 잘 던지라는 말은 하지 않았다. 이미 충분히 잘 던지고 있는 투수에게 괜한 부담을 줘봐야 좋을 게 없다고 판단했다.

하지만 오스틴 번은 지금이야말로 코칭스태프의 눈도장을 제대로 받을 기회라고 말했다.

"건, 시범 경기에 참가한 진짜 마이너리거 중에 살아남은 게 몇 명이나 될 거 같아?"

"글쎄."

"거의 없어. 40인 로스터에 드는 것도 대부분 기존의 선수일 뿐이야. 몇몇 자리가 바뀐다 해도 메이저 리그 콜업이 당연하다고 평가받는 유망주들의 몫이라고."

"칫."

"하지만 앞으로도 계속 오늘처럼만 던진다면 상황은 달라질 거야. 코칭스태프 모두가 너를 원한다면 최소한 40인 로스터에는 포함될지도 몰라."

"40인…… 로스터?"

"그러니까 정신 바짝 차려. 그렇다고 오버 페이스 하라는 소리는 아냐. 다만 공 하나를 던져도 집중해서 던지라고. 실투만 최소한으로 줄여도 넌 충분히 살아남을 수 있어."

오스틴 번이 박건호의 어깨를 두드리며 말했다. 안이한 마음으로는 절대 시범 경기 마지막까지 살아남기 어렵다고 충고했다.

때마침 다저스의 6회 말 공격도 끝이 났다.

"좋아, 건. 이번 이닝도 깔끔하게 막아보자고."

"그래, 오스틴. 확실히 리드해 줘."

기세등등하게 마운드에 오른 박건호는 6번 타자와 7번 타자, 8번 타자를 연속 범타로 돌려세우고 이닝을 마쳤다.

인디언스에서 계속해 마이너 리그 유망주들을 내세워 박건호-오스틴 번 배터리를 압박했지만 오스틴 번은 커브까지 곁들이는 여유를 부리며 세 타자의 타이밍을 완전히 빼앗아버렸다.

"건, 그 커브는 대체 뭐야?"

"미안, 내가 아직 커브는 서툴러서."

"메이저 리그에 올라가려면 커브를 빨리 가다듬는 게 좋아. 오늘은 잘 넘어갔지만 다음번에는 안 통할 거야. 타자들은 네 커브를 머릿속에서 지워 버릴 거라고."

"나도 알아. 그래서 다른 구종을 연습하고 있었다고."

"다른 구종이라니? 그걸 왜 이제야 말해주는 거야?"

"……네가 안 물어봤잖아."

"나 참. 투수가 포수에게 숨기는 게 있다는 게 말이나 돼?"

오스틴 번이 어처구니없다는 표정을 지었다. 그러다 박건호가 더 어이없어 하자 냉큼 말을 돌렸다.

"새로운 구종이 뭔데? 투심? 싱커?"

"그걸 어떻게 알아?"

"그야 뻔하지. 허샤이저는 투심 패스트볼과 싱커의 대가였으니까."

"뭐야? 그럴 거면 뭐 하러 물어보냐?"

"어쨌든 잘됐어. 경기 끝나고 한번 확인해 보자."

"그건 그렇고 네 차례 같은데?"

"뭐? 벌써? 젠장할. 그걸 왜 이제야 말해주는 거야!"

오스틴 번이 서둘러 방망이를 집어 들었다. 하지만 데빈 로버츠 감독은 오스틴 번을 대신해 대타를 내보냈다.

자신의 타석이 다가온 줄도 모른 채 박건호에게 정신이 팔려 있어서는 아니었다. 박건호가 잘 버텨준 덕분에 다저스가 모처럼 득점할 기회를 만들었기 때문이다.

고액 연봉을 받던 카를로스 로이스가 매리너스로 트레이드되면서 오스틴 번은 이번 시즌 백업 포수로 낙점된 상태였다. 하지만 애석하게도 타격이 준수한 편은 아니었다.

지난 시즌 오스틴 번이 메이저 리그에서 때려낸 안타는 고작 5개. 타율은 0.156에 그쳤다.

오늘 경기에서도 오스틴 번은 안타를 때려내지 못했다. 수비에서는 제몫을 다해주고 있지만 공격적인 부분에서는 큰 보탬이 되지 않았다.

그래서 데빈 로버츠 감독은 과감하게 대타 카드를 사용했다. 어차피 8회부터는 야디에르 알베스가 올라오는 만큼 투수와 포수를 동시에 바꾸는 것도 나쁘지 않다고 판단한 것이다.

덕분에 오스틴 번은 방망이 한 번 휘둘러 보지 못하고 더그아웃으로 돌아오고 말았다.

"젠장. 대타를 쓸 거면 진즉 말해줄 것이지."

다시 박건호의 옆자리를 차지한 오스틴 번이 불만스럽게 투덜거렸다.

아직 주전 포수 야스마니 그린이 합류하지 않은 상황에서 오스틴 번은 다저스가 가용할 수 있는 첫 번째 포수나 마찬가지였다.

그런데 한마디 언질도 없이 교체가 되어버렸으니 화가 나는 것도 무리는 아니었다.

그러나 박건호는 데빈 로버츠 감독의 판단이 옳다고 여겼다.

7회 초까지 3 대 0에서 바뀌지 않던 전광판의 점수가 잠깐 사이에 3 대 2까지 좁혀져 있었다.

박건호의 호투에 자극을 받은 인디언스가 마이너 리그에서 올라온 조 켈리를 마운드에 올렸는데 다저스 타자들이 사사구 2개, 안타 2개를 묶어 단숨에 두 점을 따라붙은 것이다.

인디언스의 기대주였던 조 켈리는 아웃 카운트 하나 잡지 못하고 강판을 당했다.

그리고 바뀐 투수 브레인 쇼를 상대로 번트 작전을 성공시키며 1사 주자 2, 3루 상황을 이어가고 있었다.

여기서 희생플라이 하나면 최소 동점이었다. 안타가 터져 나온다면 단숨에 경기를 뒤집어버릴 수 있었다.

게다가 대타가 코일 시거였다. 주전급인 코일 시거를 대타로 기용하겠다는 뜻을 일찌감치 밝힌 상황에서 오스틴 번을 고집할 이유가 전혀 없었다.

'시거, 한 방 날리라고.'

박건호가 기대 어린 눈으로 경기장을 바라봤다.

인디언스의 마운드는 주축 불펜 투수인 브레인 쇼가 버티고 있었다. 커터와 슬라이더, 이 두 구종의 구속 차이를 이용해 타자의 타이밍을 빼앗는, 전형적인 맞춰 잡는 유형의 투수였다.

퍼엉!

1루가 비어 있는 상태였지만 브레인 쇼는 초구부터 공격적으로 나섰다. 초구에 몸 쪽을 낮은 코스를 파고드는 커터를 꽂아 넣은 뒤 2구째 몸 쪽 높은 곳에 슬라이더를 집어넣어 투 스트라이크를 잡아냈다. 초구를 지켜본 코일 시거가 2구째 힘차게 방망이를 휘둘러 봤지만 타이밍이 전혀 맞지 않았다.

이때까지만 해도 분위기는 브레인 쇼가 앞서 있었다. 투 스트라이크 노 볼 상황이라면 제아무리 코일 시거도 머릿속이 복잡해질 것 같았다.

하지만 코일 시거가 3구와 4구, 바깥쪽으로 형성된 두 개의 슬라이더를 전부 걸러내면서 분위기가 급반전됐다.

"또다시 몸 쪽이 들어올 거야."

오스틴 번이 예언하듯 중얼거렸다. 그 순간.

후앗!

브레인 쇼의 손을 빠져나간 공이 정말로 코일 시거의 몸 쪽을 향해 날아들었다.

그러나 그 공은 포수의 미트에 도달하지 못했다.

따악!

코일 시거가 기다렸다는 듯이 받아쳐 타구를 좌중간으로 날려 버린 것이다.

좌익수와 중견수가 동시에 타구를 쫓았지만 공은 둘 사이에 뚝 하고 떨어져 버렸다. 그사이 3루 주자는 물론이고 2루 주자까지 홈으로 내달렸다.

스코어 4 대 3.

7회까지 끌려 다녔던 경기가 단숨에 뒤집어졌다.

뒤이어 타석에 들어선 3번 타자 작 피터슨이 브레인 쇼를 강판시키는 투런 홈런을 터뜨리면서 점수는 6 대 3까지 벌어졌다.

"첫 경기에 승리를 챙기다니. 운도 좋은 녀석."

"아직 모르는 거잖아."

"모르긴 뭘 몰라? 잘난 척 그만하고 좋으면 웃으라고."

오스틴 번은 박건호가 승리투수가 될 거라고 단언했다. 아직 인디언스에게 두 번의 공격 기회가 남아 있지만 분위기가 다저스로 넘어온 만큼 경기가 쉽게 뒤집힐 리 없다고 여겼다.

박건호도 내심 승리투수의 영예를 차지하길 바랐다. 하지만 8회에 등판한 야디에르 알베스가 불을 지르면서 경기 분위기가 또다시 인디언스 쪽으로 넘어가 버렸다.

야디에르 알베스가 바뀐 포수 숀 자라의 리드를 인정하지 않고 포심 패스트볼 위주로만 공을 던지다 인디언스 타자들의 노림수에 걸려들고 만 것이다.

결국 야디에르 알베스는 8회를 채우지 못하고 6 대 5, 한 점 차 리드 상황에서 강판당했다.

그리고 뒤이어 마운드에 오른 투수가 야디에르 알베스가 남겨 놓은 두 명의 주자를 전부 홈으로 들여보내며 다저스의 리드도 끝이 나버렸다.

9회 나란히 한 점을 주고받은 끝에 경기는 인디언스의 8 대 7 승리로 끝이 났다.

"건, 아쉽지 않아?"

"아쉽긴. 고작 중간에서 2이닝 던졌을 뿐인데."

"하하. 너 설마 선발 자리를 욕심내는 거야?"

"난 한국에서도 쭉 선발 투수였으니까. 가능하면 선발에서 뛰고 싶어."

"꿈은 좋지만 일단 올해는 참아줘. 시범 경기에서 살아남더라도 일단 불펜부터 시작할 테니까. 아마 감독도 널 불펜 요원으로 생각하고 있을 거라고."

오스틴 번의 예상은 불행히도 맞아 떨어졌다.

박건호는 이후 중간 계투로만 7경기에 등판해 공을 던졌다. 내심 선발로 한 번 던질 수 있을까 기대했지만 그런 행운은 찾아오지 않았다.

다행히도 시범 경기 성적은 괜찮은 편이었다.

총 15이닝을 던지는 동안 허용한 안타는 단 12개. 이닝당 1개가 되지 않았다. 사사구도 2개밖에 내주지 않았다. 덕분에 이닝당 출루 허용률(WHIP)이 1점대 밑(0.93)으로 떨어졌다.

총 실점은 4점. 자책점도 4점이었다.

평균 자책점 2.40. 거기에 잡아낸 탈삼진이 12개.

이 정도면 마이너 리그 선수치고는 호성적이었다.

시범 경기를 마친 시점에서 박건호의 투구는 다저스 전체 투수 중 상위권에 랭크되어 있었다. 시범 경기 결과가 무의미한 주전급 선수들을 제외하고도 다섯 손가락 안에 들었다.

이게 문제였다.

"건은 어떻게 할까요?"

"어떻게 하긴. 당연히 털사로 돌려보내야지."

"하지만 성적이 좋습니다."

"성적이 좋다고 올해 계약한 투수를 메이저 리그에 올리자는 말도 안 되는 소리를 하는 건 아니겠지?"

"물론 당장 25인 로스터에 집어넣는 건 무리입니다. 그래도 40인 로스터에는 집어넣고 관리하는 편이……."

"건은 아직 19살이야. 배워야 할 게 산더미라고! 솔직히 털사도 과분한 거 아닌가?"

"그렇게 따지면 야디에르 알베스는요? 건을 털사로 보낸다면 야디에르 알베스는 퀘이크스(다저스 산하 하이 싱글 A)로 보내야 합니까?"

"여기서 갑자기 야디에르 알베스 이야기는 왜 나와?"

"야디에르 알베스의 시범 경기 성적을 보세요. 형편없습니다. 그런데도 야디에르 알베스는 40인 로스터에 포함시켜서 오클라호마시티(다저스 산하 트리플 A 구단)로 보내고 건은 무작정 털사라니요! 이게 말이나 됩니까?"

“이런 식이면 건의 에이전트가 계약 해지를 요구할지도 모릅니다.”

“젠장! 그럼 어쩌자고? 고작 시범 경기 성적만 믿고 건을 메이저 리그로 올려? 그러다 잘못되면? 책임질 거야?”

파렐 자이디 단장은 박건호를 어떻게든 털사로 내리려 했다. 그가 시범 경기에 박건호를 합류시킨 건 정말로 기회를 주기 위해서가 아니었다. 박건호의 실력을 드러내 털사에서 최소 3년 이상 푹 썩혀두기 위해서였다.

그런데 박건호가 기대 이상으로 좋은 결과를 내면서 상황이 달라졌다. 반면 기대를 모았던 야디에르 알베스의 성적은 형편없었다.

8경기 등판에 평균 자책점 6.63(19이닝 17실점 14자책점). WHIP는 무려 1.50에 달했다.

빠른 공은 여전히 위력적이었지만 제구가 좋지 않았다. 삼진 23개를 잡아내는 동안 사사구 또한 16개를 내줬다.

안정감이 없으니 한 이닝을 맡기는 것조차 불안했다. 보다 못한 데빈 로버츠 감독이 막판에 두 번의 선발 기회를 줬지만 그마저도 소용이 없었다.

화이트 삭스전 3.1이닝 5피안타 3사사구 3실점.

레인저스전 3이닝 4피안타 4사사구 4실점.

선발 2경기 결과 6.1이닝 7실점. 평균 자책점 9.95

오히려 중간 계투로 나와서 던질 때보다 투구 결과가 좋지 않았다.

이런 상황인데도 파렐 자이디 단장은 야디에르 알베스를 40인 로스터에 포함시켰다. 그리고 오클라호마시티에서 시즌을 시작하게 하라고 지시했다.

사치세 포함 5천만 달러를 주고 데려온 유망주이니 40인 로스터에 합류시키는 것까지는 어느 정도 이해가 갔다. 하지만 오클라호마시티 행은 지나쳤다. 제구부터 다시 잡아야 할지 모를 투수를 메이저 리그 못지않게 치열한 트리플 A에 던져 둔다는 건 상식적으로 말이 되지 않았다.

그래놓고 박건호는 털사로 보내겠다고 하니 반발이 생기는 것도 무리는 아니었다.

"제리! 자네가 말해봐."

자신의 뜻대로 회의가 진행되지 않자 파렐 자이디 단장이 제리 맥기 부단장에게 공을 넘겼다. 자신이 데려온 선수를 챙기는 건 제리 맥기 부단장도 별반 다르지 않을 거라 여겼다.

그러나 제리 맥기 부단장은 파렐 자이디 단장처럼 욕심을 부릴 생각이 없었다.

"건은 시범 경기에서 잘 던졌습니다. 그건 누구도 부정할 수 없습니다. 현장에서도 건의 실력을 인정했고요. 우리 모두 그 결과를 보았습니다. 하지만 건이 시즌 중에도 이만큼 좋은 활약을 펼칠 수 있을지는 미지수입니다. 올해 계약한 루키인 만큼 마이너 리그에서 어느 정도 경험을 쌓아야 한다는 의견에도 동의합니다."

"그래서? 빙빙 돌리지 말고 속 시원하게 말해보라고!"

"오클라호마시티가 좋겠습니다. 털사보다는 건에게도 확실한 동기 부여가 될 테니까요. 대신 40인 로스터에 올리는 게 좋겠습니다. 잘 던진 투수를 아무런 보상 없이 마이너 리그로 내쫓을 수는 없으니까요."

제리 맥기 부단장의 적당한 중재안에 격앙됐던 회의장의 분위기가 가라앉았다.

"젠장. 건과 야디에르 알베스를 똑같이 오클라호마시티로 보낸다는 게 말이 되는 소리야?"

물론 파렐 자이디 단장은 박건호의 오클라호마시티행을 쉽게 받아들이지 못했다. 하지만 제아무리 5천만 달러를 받는 투수라 하더라도 실력이라는 잣대 앞에서는 어쩔 수 없었다.

"그런데 건도 선발 수업을 받는 겁니까?"

파렐 자이디 단장을 지지하는 직원 하나가 넌지시 물었다. 두 경기 선발로 등판한 야디에르 알베스와는 달리 박건호는 모든 경기에 전부 중간 계투로 등판했다. 그건 현장에서 박건호를 중간 계투로 생각하고 있다는 의미와 다름없었다.

"그건…… 오클라호마시티에서 잘 판단하겠죠."

제리 맥기 부단장은 말을 아꼈다. 대놓고 선발 자리에 욕심을 내지 않았다.

박건호가 마이너 리그에서 충분한 경험을 쌓은 뒤 기회가 마련된다면 몰라도 지금 당장만 놓고 보자면 불펜 쪽에 머무는 게 조금 더 경쟁력 있다고 판단했다.

스텝 교정 이후 구속이 다소 감소하긴 했지만 박건호는 여전히 94mile/h(≒151.3km/h) 전후의 빠른 포심 패스트볼을 던지는 좌완 투수였다. 게다가 슬라이더도 나쁘지 않았다. 새로 익힌 투심과 싱커도 어느 정도 가능성이 보였다.

박건호의 피칭을 지켜본 스카우터 대부분이 박건호를 불펜 투수로 분류했다. 5~6선발도 가능하다는 평가가 없지 않았지만 그보다는 불펜 투수일 때의 점수가 훨씬 더 후했다.

'일단 커브가 중요해. 커브를 어느 정도 완성시킨다면 스카우터들의 판단도 달라지겠지.'

제리 맥기 부단장은 굳이 스카우터들의 의견을 거스를 생각이 없었다. 앤디 프리드먼 사장과 자렐 파이디 단장처럼 제 고집을 꺾지 않고 무리수를 두는 건 선수에게도 결코 득이 될 게 없다고 여겼다.

"그럼 야디에르 알베스는요? 야디에르 알베스도 불펜에서 더 좋은 모습을 보이는 것 같은데 불펜이 적합하겠죠?"

박건호를 좋게 보던 직원 하나가 보란 듯이 야디에르 알베스를 걸고 넘어졌다. 박건호가 불펜인데 야디에르 알베스의 실력으로 선발이 가당키나 하냐는 투였다.

그러자 파렐 자이디 단장이 말도 안 된다며 언성을 높였다.

"무슨 헛소리를 하는 거야? 야디에르 알베스는 다저스의 2 선발감이라고! 그런데 뭐? 불펜? 스카우터들의 보고를 제대로 읽긴 하는 거야!"

시범 경기가 시작되기 전까지 야디에르 알베스에 대한 스카우터들의 평가는 한결같았다.

최고 구속 100mile/h을 던지는 우완 투수. 다저스의 미래를 책임질 확실한 유망주.

하지만 그 평가는 시범 경기를 거치면서 물음표 투성이로 바뀌어 있었다.

물론 아직까지 야디에르 알베스를 평가 절하하려는 스카우터는 없었다. 앤디 프리드먼 사장과 파렐 자이디 단장이 야디에르 알베스를 영입하기 위해 오랫동안 공들여 왔다는 걸 다들 잘 알고 있기 때문이었다.

하지만 이런 식의 부진이 계속된다면 평가는 어찌 바뀔지 아무도 장담하지 못했다.

'젠장! 소스레트 이 인간은 대체 뭘 하고 있는 거야!'

심상치 않은 분위기에 파렐 자이디 단장이 미간을 찌푸렸다. 다저스의 시스템을 거부한 채 쿠바에서 제대로 몸을 만들어 오겠다고 큰소리를 떵떵 칠 때 알아봤어야 했는데 왠지 에이전트인 라몬 소스레트가 야디에르 알베스를 제대로 관리하지 못하는 것 같다는 생각이 들었다.

'야디에르 알베스를 따로 만나 봐야겠어. 이대로 가다간 죽도 밥도 안 될 거라고.'

파렐 자이디 단장이 이내 독하게 마음먹었다. 외부적으로 욕을 먹는 한이 있더라도 5천만 달러짜리 유망주의 추락은 막아야 할 것 같았다. 아울러 박건호에게 이대로 관심이 집중되는 것도 더는 두고 볼 수가 없었다.

'야디에르 알베스의 성장이 늦어질 때를 대비해 건의 날개도 꺾어놓아야겠어.'

파렐 자이디 단장의 서늘해진 시선이 제리 맥기 부단장에게 향했다. 순간 제리 맥기 부단장이 자신도 모르게 마른침을 꿀꺽 삼키고 말았다.

3

[……한편 시범 경기에서 좋은 모습을 보여주었던 박건호는 오클라호마시티에서 첫 시즌을 시작하게 됐습니다.

다저스의 불펜진에 새로운 활력소가 되어주길 바랐는데 한편으로 아쉬우면서도 조금 더 경험을 쌓길 바라는 구단의 결정에 고개를 끄덕일 수밖에 없을 것 같네요.

구단 관계자는 박건호가 늦어도 9월 로스트 확대 시점에 메이저 리그에 콜업될 것이라고 예상했지만 제 생각은 조금 다릅니다. 다저스의 마운드가 톱니바퀴처럼 정밀하게 운영된다면 또 모르겠지만 예기치 못한 변수가 발생한다면 6월쯤에 한차례 기회가 찾아오지 않을까 생각됩니다.]

“케니 로이드가 좋은 내용을 써줬네요.”

LA 지역 신문을 살피던 브라이언 최의 입가를 타고 흐뭇한 미소가 번졌다.

야디에르 알베스에 대한 기사에 비해 박건호와 관련된 이야기가 눈에 띄지 않아 속상했는데 케니 로이드가 이런 호평을 해줄 것이라고는 미처 예상하지 못한 것이다.

그러나 박건호는 오랜만에 한식을 즐기느라 정신이 하나도 없었다.

“그 사람이 누군데요?”

“앞으로 종종 듣게 될 이름입니다. 다저스 쪽 전문 기자이고 또 영향력 있는 블로거죠.”

“블로거요? 파워 블로거 뭐 그런 거예요?”

"하하. 한국의 파워 블로거라고 생각하시면 안 됩니다. 메이저 리그에서 팬들은 물론이고 구단과 언론에게 인정받는 블로거는 많지 않으니까요."

"그 사람이 뭐래요?"

"박건호 선수가 6월 즈음에 메이저 리그에 올라올 수 있을 것 같다고 합니다."

"에이, 그게 어디 쉽겠어요? 연말이라면 또 몰라도."

"혹시 모르죠. 다저스에 정말로 무슨 일이 생길지도."

브라이언 최는 케니 로이드의 예상이 크게 빗나가지는 않을 거라 여겼다. 4월과 5월이 지나 6월이 되면 다저스의 포스트 시즌 가능성이 점쳐지기 시작할 것이다. 그 과정에서 타선은 물론이고 마운드에 어느 정도 변화가 일어날 가능성이 높았다.

하지만 박건호는 메이저 리그 승격에 크게 목을 매지 않았다. 시범 경기를 통해 자신의 약점과 문제점들을 뼈저리게 느꼈기 때문이다.

"전 가능하면 천천히 올라가고 싶어요. 수정한 투구 폼도 익숙해져야 하고 커브도 가다듬어야 하고요. 참, 제가 부탁한 건 어떻게 됐어요?"

박건호가 손에 든 갈비뼈를 뜯으며 물었다.

시즌이 시작되면서 모렐 허샤이저는 다시 본업인 ESPM의

해설진에 합류하게 됐다. 애당초 다저스 소속이 아닌 상황에서 오클라호마시티까지 따라가 박건호를 가르치기란 무리가 있었다.

물론 모렐 허샤이저는 시간이 허락하는 한 박건호를 자주 찾아와 살피겠다고 말했다. 하지만 아무래도 전담 코치가 옆에 있는 편이 나을 테니 가능하면 커브를 완성시켜 줄 투수 코치를 구해 보라고 조언했다.

"건, 선발로 뛰고 싶다면 커브를 던질 줄 알아야 해. 메이저리그에 언제 불려 올라갈지는 모르겠지만 그때까지 최소한 커브다운 커브는 던질 수 있도록 노력해 봐."

모렐 허샤이저의 조언대로 박건호는 구단 측에 투수 코치를 요청했다. 그러나 무슨 이유 때문인지는 몰라도 박건호를 가르칠 만한 코치들이 이런 저런 핑계를 대며 하나같이 난색을 드러냈다. 그래서 내심 걱정이 들던 차였다.

하지만 브라이언 최는 걱정할 것 하나 없다고 말했다.

"그렇지 않아도 말씀 드리려고 했는데 좋은 코치를 구했습니다. 어쩌면 오클라호마시티에서 우리가 오길 기다리고 있을지도 모르겠습니다."

브라이언 최가 씩 웃었다. 보이지 않는 세력의 견제로 인해 코치를 구하지 못할 때만 해도 암담했었는데 다행히 박건호의 가능성에 관심을 갖는 외부 전문가가 적지 않았다. 그들 중에서도 한 명이 브라이언 최에게 강력하게 박건호를 돕고 싶다고 어필했다.

"누군데요?"

"하하. 일단 비밀입니다. 아마 나중에 만나게 되면 조금 놀라실 겁니다."

"에이, 허샤이저 코치님도 만났는데요 뭘."

박건호가 피식 웃었다. 다저스의 전설이자 사이영 상 수상자인 모렐 허샤이저에게 겨우내 가르침을 받았는데 이제 와 누굴 만난다 한들 그보다 더 놀랄 것 같진 않았다.

그러나 브라이언 최가 어렵사리 모셔온 코치는 모렐 허샤이저 이상으로 대단한 거물이었다.

"건, 반갑네. 나이 많은 노인이라고 날 그냥 돌려보내는 건 아니겠지?"

새하얀 백발을 자랑하며 손을 내미는 건장한 노인의 등장에 박건호도 입을 쩍 하고 벌릴 수밖에 없었다.

'마, 맙소사! 샌드 쿠팩스라니!'

박건호가 덜덜거리며 왼손을 내밀었다. 그러자 백발노인, 샌드 쿠팩스가 힘껏 박건호의 손을 움켜쥐었다.

다저스를 뛰어 넘어 메이저 리그의 전설로 통하는 커브의 달인 샌드 쿠팩스. 그가 새롭게 박건호의 인생에 뛰어들었다.

17장

콜업(1)

1

"커브를 잘 던지려면 어떻게 해야 하나요?"

"잘 던져야지."

"……네?"

"그러니까 잘 던져야 한다고. 설마 커브를 던지는 특별한 비법 같은 걸 물어보는 거니?"

"그걸 가르쳐 주시려고 오신 거 아니었어요?"

"하하. 내 커브는 세상에서 오직 나만 던질 수가 있단다. 그러니 건, 요행을 바라지 마라. 쉽게 얻은 건 그만큼 쉽게 잃어버리게 마련이니까."

박건호는 샌드 쿠팩스에게 진짜 커브를 배울 수 있을 거라 여겼다. 하지만 샌드 쿠팩스는 박건호를 직접적으로 가르치지 않았다.

80이 넘은 나이에 현역 선수를 몸으로 지도한다는 게 불가능하기도 했지만 자신이 던지던 커브와 박건호가 맞지 않다고 판단한 것이다.

그렇다고 아예 손 놓고 구경만 하는 건 아니었다. 박건호 옆에 철석같이 달라붙어서 모렐 허샤이저 이상의 잔소리를 해댔다.

"세상에 그렇게 커브 같지 않은 커브는 처음 보는구나."

"하하. 지금 누구에게 공을 던진 거냐? 타석에 7살짜리 꼬마라도 서 있는 거야?"

"커브를 던지겠다고 얼굴로 말하는구나. 그럼 타자들이 과연 속아줄까?"

"벌써부터 완벽한 커브를 던질 생각은 말아라. 포심 패스트볼을 위력적으로 만들어줄 만큼만 던져도 충분히 성공한 거니까."

샌드 쿠팩스가 가장 먼저 한 건 박건호의 눈높이를 낮추는 것이었다. 좋은 커브를 던지는 요령조차 익히지 못한 박건호가 당대 최고라는 슬레이트 커쇼의 커브를 목표로 삼는 것부터가 잘못된 일이었다.

“커브는 그렇게 쉽게 얻을 수 있는 게 아냐. 커쇼의 커브도 마찬가지다. 그걸 하루아침에 만들었다면 감히 메이저 리그 최고의 커브라는 찬사는 듣지 못했을 거야.”

“그럼 전 어떻게 해야 하나요?”

“좋은 커브를 던지기 위해서 노력해야지. 백 개를 던져서 안 되면 천 개를 던지고 천 개를 던져서 안 되면 만 개를 던지면 돼.”

“만 개를 던져서도 안 되면요?”

“……그럼 꼭 커브를 던져야 할까?”

“만 개를 던지기 전에는 어떻게든 터득할 수 있다는 소리네요.”

“단순히 좋은 커브가 중요한 게 아냐. 너에게 딱 맞는, 너만의 커브를 던져야 해.”

“그게 가능할까요?”

“해보지도 않고 칭얼대지 마라. 그럴 시간에 할 수 있다는 믿음을 가지고 던져 봐.”

4월 한 달간 박건호는 하루도 쉬지 않고 커브를 던졌다. 모렐 허샤이저에게 전수받은 투심 패스트볼과 싱커 연습은 잠정 중단했다.

포심 패스트볼을 비롯해 기존의 구종도 감각을 잃지 않을 정도로만 투구했다.

샌드 쿠팩스는 박건호가 던지는 모든 커브볼을 하나도 빠짐없이 살폈다. 그러면서 박건호가 조금 더 편안하게 공을 던질 수 있도록 조언을 아끼지 않았다.

덕분에 5월에 접어들면서 박건호의 커브도 그럴듯한 모양새를 갖춰가기 시작했다.

"저 정도면 실전에서도 써먹을 만하겠어."

"시범 경기 때 던지던 커브에 비하면 훌륭하지."

"어차피 세컨드 피치는 슬라이더잖아? 그다음은 체인지업이고."

"네 번째로 던지는 구종이 저 정도면 어느 정도 구색은 맞춘 셈이라고."

다저스 스카우터들도 박건호의 변화를 긍정적으로 평가했다. 그 보고가 파렐 자이디 단장을 거쳐 앤디 프리드먼 사장에게까지 올라갔다.

"대체 샌드 쿠팩스가 거기서 뭘 하고 있는 거야?"

"분명 모렐 허샤이저에게 부탁을 받은 게 틀림없습니다. 그렇지 않고서야 그 나이를 먹고 오클라호마시티에서 고생할 생각은 하지 않았겠죠."

"누군가를 가르쳐 주고 싶어서 환장하겠으면 야디에르 알베스를 골랐어야지. 건이 말이 돼?"

"그러게 말입니다. 류현신 때도 그랬지만 샌드 쿠팩스는 한국의 좌완 투수들에게 필요 이상으로 관심을 보이는 것 같습니다."

파렐 자이디 단장이 슬쩍 류현신을 언급했다. 류현신이 처음 메이저 리그로 넘어왔던 시절에도 샌드 쿠팩스는 자청해서 류현신에게 자신의 커브를 전수한 적이 있었다.

그러나 앤디 프리드먼 사장은 류현신과 박건호는 다르다며 선을 그었다.

"류현신은 일종의 쇼였여. 류현신도 샌드 쿠팩스의 커브는 자신과 맞지 않는다고 했고."

"그럼 이번에도 비슷하지 않을까요?"

"아니, 건은 류현신처럼 한국에서 쌓은 커리어가 없잖아. 샌드 쿠팩스의 영향력을 무시하지 못할 거라고."

앤디 프리드먼 사장은 이러다 샌드 쿠팩스가 박건호의 든든한 후원자를 자처할지 모른다며 걱정했다.

만에 하나 박건호가 샌드 쿠팩스의 명성을 앞세워 메이저 리그에 무임승차하려 든다면?

올해 안에 어떻게든 야디에르 알베스의 선발 자리를 마련해 보겠다던 계획도 수포로 돌아가고 말 터였다.

현재 다저스의 선발 로테이션은 좌완 투수 일색이었다.

에이스인 슬레이튼 커쇼를 비롯해 2선발 스캇 카이저, 4선발 훌리오 유레아스, 5선발 알렉스 우든에 이르기까지 5명의 선발 투수 중 4명이 좌투수였다. 우완 투수는 3선발 마에다 케이타밖에 없었다.

앤디 프리드먼 사장은 이 좌완 투수에 편향된 선발진에 야디에르 알베스를 집어넣고 싶었다.

작년에 이어 올해도 부진한 모습을 보이고 있는 스캇 카이저를 적당한 시기에 매물로 내놓거나 다시 팔꿈치 통증을 호소하기 시작한 알렉스 우든을 DL로 돌린다면 야디에르 알베스의 자리를 확보하는 것도 어려운 일은 아니었다.

하지만 아직까지도 야디에르 알베스는 선발 투수로서 이렇다 할 가능성을 보여주지 못하고 있었다.

오클라호마시티에서의 첫 번째 선발 등판 때 7이닝 4피안타 2실점 호투를 펼치며 승리를 챙길 때만 해도 앤디 프리드먼을 잠시 설레게 만들었지만 이후 펼쳐진 피칭은 시범 경기 때만큼이나 형편없었다.

7경기 등판 1승 4패. 평균 자책점 7.92(42이닝 39실점 37자책점)
사사구 37개 탈삼진 35개 BB/K 1.06 WHIP 1.45

선발로 키우면 좀 나아질까 싶었던 앤디 프리드먼 사장의 기대를 여지없이 무너뜨려 버렸다.

게다가 좌완 류현신이 6월 복귀를 준비하면서 일정이 또다시 꼬여 버렸다.

지난 2년을 통째로 날리다시피 했지만 2013년과 2014년, 2년 연속 14승을 거둔 수준급 투수가 복귀를 하겠다는데 제아무리 앤디 프리드먼 사장이라 해도 막을 수는 없었다.

만에 하나 류현신이 스캇 카이저나 알렉스 우든을 대체해 버린다면 야디에르 알베스의 메이저 리그 데뷔는 9월 이후로 늦춰질 가능성이 높아졌다.

자이언츠에 이어 내셔널 리그 서부 지구 2위를 달리고 있는 다저스가 포스트 시즌 티켓을 거머쥘 수 있을지는 확신하기 어렵지만 9월 로스터 확대 이후 잠깐 얼굴을 비추는 정도로 선발진에 끼워 넣기란 쉽지 않은 노릇이었다.

"그런데 류현신은 6월 복귀가 확실히 가능한 거야?"

"라이브 피칭을 마쳤다고 하니까요. 마운드에 오르는 건 가능할 것 같습니다."

"젠장할."

"게다가 마크 월터 구단주는 한인의 날 때 류현신이 선발로 나서길 바라고 있습니다. 다저스에서 한국인 메이저리거라고는 류현신 한 명뿐이니까요."

다저스의 연고지인 LA 근방에는 100만 명이 넘는 한인 교포가 살고 있었다.

그리고 그들은 하나같이 류현신의 건강한 복귀를 원했다.

한인 교포의 지지를 한 몸에 받고 있는 다저스 입장에서는 류현신을 계속해서 부상자 명단에 놔둘 수 없는 상태였다.

"구속은 체크해 봤어?"

"그게…… 작년보다 못한 수준입니다."

"환장하겠군. 그런데도 마운드에 올리겠다는 거야?"

수준급 투수에게 구속이 전부가 아니라는 것쯤은 앤디 프리드먼 사장도 잘 알고 있었다.

하지만 한창때도 포심 패스트볼 평균 구속이 90mile/h(≒144.8㎞/h)에 불과했던 류현신의 구속이 더 떨어져 있다면 메이저리그 타자들을 상대할 만한 경쟁력 자체가 없다고 보는 게 옳았다.

그러자 파렐 자히디 단장이 쓴웃음을 지으며 대답했다.

"류현신의 연봉만 700만 달러니까요."

"700만 달러? 그렇게나 많이 남은 거야?"

"컬레티 전 단장과 오건 화이트가 거의 퍼주다시피 했죠."

"빌어먹을! 나라면 절대 손해 보는 계약은 안 했을 거야."

앤디 프리드먼 사장이 빠득 이를 갈았다. 하지만 파렐 자이디 단장은 그 말에 평소처럼 동조할 수가 없었다. 벌써부터 몇몇 언론이 5천만 달러가 증발하게 생겼다며 걱정을 늘어놓고 있었기 때문이다.

"알렉스 우든 대신 류현신이 안정적으로 다저스의 선발 로테이션을 지켜준다면 더없이 좋겠지만 솔직히 말해 그럴 가능성은 희박해 보입니다."

"그래서? 그다음에 야디에르 알베스를 투입하자 이거야?"

"류현신의 복귀가 또다시 실패로 돌아간다면 언론은 물론 팬들도 건강한 선발 투수를 갈망할 가능성이 높습니다. 그 때 야디에르 알베스가 체력을 바탕으로 선발 로테이션을 소화해 준다면 의외로 좋은 결과가 나올지도 모릅니다."

"흠……."

앤디 프리드먼 사장이 주억거렸다. 확실히 그렇게만 된다면 야디에르 알베스를 시즌 막판까지 선발로 끌고 가는 것도 충분히 가능할 것 같았다.

문제는 박건호다. 샌드 쿠팩스에게 커브를 사사받고 있다는 사실이 전해지면서 쓸데없이 주가가 높아진 박건호를 어떻게든 처리하지 못한다면 야디에르 알베스의 선발 투입이 계획과 다르게 흘러가게 될 수 있었다.

"건에게도 선발 기회를 줘."

한참을 고심하던 앤디 프리드먼 사장이 나직이 말했다. 야디에르 알베스가 고전하고 있는 트리플 A 레벨이라면 선발 투수 박건호도 결코 좋은 점수를 받지 못할 것이라고 여겼다.

하지만 파렐 자이디 단장은 그 정도로는 부족하다며 고개를 저었다.

"그러다 건이 운 좋게 몇 경기 호투한다면 여론은 더 나빠질 겁니다."

"그래서? 다른 대안이라도 있어?"

"차라리 불펜으로 올리시죠."

"……뭐?"

"다음 주부터 카디널스와 컵스 전이 이어집니다. 이들이라면 건에게 메이저 리그의 무서움을 충분히 알려줄 거라 생각합니다."

파렐 자이디 단장이 스케줄 표를 가리키며 말했다.

5월 23일부터 25일까지 다저스는 홈에서 카디널스와 3연전이 잡혀 있었다. 그리고 26일부터 28일까지는 월드 시리즈 챔피언 컵스와 홈 3연전을 치러야 했다.

두 팀 모두 내셔널 리그를 대표하는 강팀이었다. 게다가 컵스와 카디널스는 현재 내셔널 리그 중부 지구에서 치열한 선두 다툼을 벌이고 있었다.

내셔널 리그 중부 지구 1위는 디펜딩 챔피언 컵스. 그 뒤를 카디널스가 2경기 차이로 따라붙은 상태였다. 당연하게도 두 팀 모두 다저스와의 경기에서 전력을 다할 가능성이 높았다.

"그다음 경기는 카디널스 원정 4연전입니다. 건이 홈경기에서 괜찮은 모습을 보여준다 하더라도 카디널스 원정이 끝날 때쯤이면 오클라호마시티로 가기 위해 짐을 싸고 있을 겁니다.”

파렐 자이디 단장이 단언하듯 말했다. 이 숨 막히는 10연전 속에서 마이너 리그 유망주가 버틸 가능성은 0에 가까웠다.

박건호가 예상보다 부진한 투구를 보인다면 언론도 더 이상 박건호를 입에 올리지 못할 것이다.

“좋아, 그게 좋겠어.”

앤디 프리드먼 사장도 만족스러운 얼굴로 고개를 끄덕였다.

그로부터 이틀 뒤. 다저스는 허리 통증을 호소하던 브랙 앤더슨을 15일짜리 DL에 올렸다. 그리고 박건호를 메이저 리그로 불러 올렸다.

2

[다저스 박건호, 메이저 리그 콜업!]

[파렐 자히디 단장, 빠르면 카디널스와의 홈경기에서 박건호를 볼 수 있을 거라 밝혀.]

박건호가 메이저 리그로 올라갔다는 소식은 곧장 국내까지 전해졌다.

ㄴ뭐야? 어떻게 박건호가 올라온 거지? 마이너 리그에서 몇 경기 던지지도 않았잖아?

ㄴ4월은 통째로 쉬었고 5월에 두 경기 나온 게 전부야. 다 해서 1.1이닝 투구했다고.

ㄴ투구 내용은? 봐줄 만하냐?

ㄴ첫 경기는 한 타자 상대해서 삼진 잡고 끝냈고, 그다음 경기는 한 이닝 동안 안타 하나 맞고 무실점으로 끝냈을걸?

ㄴ근데 그 정도로 메이저 리그에 올라가는 게 맞는 건가? 다저스 팜에 투수가 그렇게 없는 거냐?

국내 야구팬들은 하나같이 의외라는 반응이었다. 류현신에 이어 다저스에 또 다른 한국인 메이저리거가 탄생했다는 사실만큼은 반가운 일이지만 시기상조라는 반응이 많았다.

작년 겨울에 미국으로 건너가 마이너 리그에서 고작 두 경기 등판하고 메이저 리그 무대로 올라간다는 게 상식적으로 말이 되지 않았기 때문이다.

그러자 몇몇 다저스 소식통이 박건호의 콜업에 대한 비하인드 스토리를 까놓기 시작했다.

ㄴ기대하지 마라. 박건호가 지금 모렐 허샤이저하고 샌드쿠팩스 지도받으면서 앤디 프리드먼 사장한테 찍힌 거야,

이거.

ㄴㅇㅂㅇ 나도 그렇게 알고 있음. 박건호 마이너 리그에 적응하기 전에 먼저 메이저 리그 올려서 혹독하게 신고식 치르게 하려는 거임.

ㄴ아니, 대체 왜? 박건호가 뭐 그리 대단한 선수라고 사장까지 나서서 난리인 건데?

ㄴ표면적으로 언급되는 게 박건호이긴 하지만 박건호에서 시작한 문제는 아닐걸?

ㄴ맞아. 다저스에 구단주가 좀 많냐? 사공이 많으면 배가 산으로 간다고 구단주들끼리의 힘 싸움부터 시작해 앤디 프리드먼 사장 패거리와 반대 패거리까지 다저스 지금 복잡하다고. 박건호는 그 고래 싸움에 끼어든 새우 같은 존재인 거지.

ㄴ내가 다저스 전담 기자들 SNS 찾아봤는데 야디에르 알베스하고도 걸려 있다더라. 5천만 달러나 퍼주고 데려온 야디에르 알베스가 삽질하고 있는데 135만 달러 주고 계약한 박건호가 주목받는 꼴을 보고 싶겠냐?

ㄴ박건호는 앤디 프리드먼 사장 쪽이 영입한 게 아니니까. 확실히 박건호가 잘나가면 골치 아파지는 사람 많을 거다.

다저스 소식통들은 박건호가 독이 든 성배를 받아든 것이나 다름없다고 단언했다.

다저스의 불펜 투수들이 한창 지쳐 있는 상황에서 마이너 리그에서 푹 쉬다 올라왔으니 팔이 빠지도록 던져야 할 텐데 하필이면 상대하는 팀이 카디널스에 컵스니 박건호가 메이저 리그에 생존할 가능성은 희박하다고 내다봤다.

심지어 당사자인 박건호조차도 이번 메이저 리그행에 대해 큰 의미를 부여하지 않았다.

–야, 진짜 좋겠다.

"좋긴 뭐가 좋아. 어차피 금방 내려올 텐데."

–그래도 넌 트리플 A잖아. 난 싱글 A다. 죽을 거 같아.

"하이 싱글 A잖아. 앓는 소리 좀 그만해."

–매정한 놈. 넌 메이저리거라 이거냐?

"그냥 잠깐 땜빵이라니까 그러네."

–그래도 계약하자마자 메이저 리그에 올라가는 게 어디야. 안 그래?

박건호의 콜업 소식을 전해 들은 안승혁은 부러운 마음을 감추지 못했다.

입단 테스트를 통해 루키 리그를 건너뛰고 싱글 A에서 시작할 때만 해도 박건호보다 앞서 간다고 생각했다. 그런데 안승혁이 겨우 하이 싱글 A에 올라간 사이 박건호는 트리플 A에 안착해 메이저 리그를 바라보고 있으니 세상이 참 불공평

하다는 생각마저 들었다.

“그거야 운이 좋았던 거고. 너야말로 대단해. 한 달 만에 하이 싱글 A로 올라갔으니까 올해 안에 더블 A는 문제없을 거 아냐?”

–모르겠다. 나도 내심 트리플 A까지는 올라가 보고 싶은데…….

“야, 참아라. 스윙 좀 가다듬고 올라와.”

–왜? 네가 봤을 때 난 안 될 거 같아?

“솔직히 말해줘?”

–이미 다 말해놓고 뭘 수습하려고 그래?

“내가 타자들 상대하면서 느낀 건데 패스트볼은 귀신같이 때려내더라. 내가 이를 악물고 던지면 이 자식들도 진짜 이를 악물고 방망이를 휘둘러. 그런데 한두 명만 그런 게 아니라 대부분이 다 그래. 우리 팀에 100마일 던지는 쿠바 녀석이 있거든? 그 녀석도 그냥 동네북이야.”

–그 야디에르 알베스?

“그래. 아무튼 넌 스윙이 너무 커. 스티브 코치님도 지적하셨다며. 한국에서는 통할지 몰라도 조금 더 간결해져야 해. 힘에서 밀리는 건 그러려니 하는데 타이밍 못 맞추면 답 없다.”

–후우……. 그럼 올해는 더블 A까지만 바라봐야 하나?

“길게 봐. 너나 나나 한 2년 정도는 마이너 리그 경험해야 하지 않겠냐."

—야, 너는 이번에 올라가면 눌러 앉을 생각을 해야지. 뭔 소리 하고 있는 거야!

"나도 그러고 싶다만 쉽지가 않아."

—왜? 뭔데 그래?

"몰라도 돼, 인마. 어른들의 비즈니스라는 게 있으니까."

박건호가 길게 한숨을 내쉬었다. 마음 같아선 안승혁에게 답답함을 전부 털어버리고 싶었지만 아직 갈 길이 먼 친구의 어깨를 벌써부터 무겁게 만들고 싶진 않았다.

"어쨌든 잘해. 먼저 자리 잡는 사람 소원 들어주기로 한 거 잊지 않았지?"

—짜식, 그래도 양심은 있네. 이번에 올라간 건 빼는 거냐?

"나도 당당하게 실력으로 올라가야지. 운이 좋아서 슬쩍 발만 담그는 건 사양이다."

—좋아. 그렇게 나와야 박건호지. 두고 봐라. 내년에는 기필코 25인 로스터 안에 들어갈 테니.

"그래. 꿈은 일기장에 쓰고 얼른 끊어, 인마. 핸드폰 비 많이 나오니까."

박건호가 짓궂게 통화 종료 버튼을 눌렀다. 비록 운이 따라서 메이저 리그에 불려 올라가긴 했지만 박시은의 미래가 걸린 내기를 져 줄 생각은 눈곱만큼도 없었다.

"박건호 선수, 준비 다 됐습니다."

박건호를 대신해 짐정리를 하던 브라이언 최가 땀범벅이 된 얼굴로 말했다.

"네, 가요."

박건호가 서둘러 자리에서 일어났다. 그리고 브라이언 최와 함께 다저스 스타디움으로 향했다.

3

"어서 와, 건. 그렇지 않아도 기다리고 있었어."

메이저 리그에 입성한 박건호를 맞이한 건 릭 허니컴 투수코치였다. 본래 다른 직원이 해야 할 일이었지만 박건호의 입장을 누구보다 잘 아는 릭 허니컴 코치가 자청해서 도우미로 나선 것이다.

"어디 아픈 데는 없지?"

"네, 코치님. 건강해요."

"오호. 영어가 제법 늘었는걸?"

"조금요. 쿠팩스 코치님이 통역에 의존하면 좋지 않다고 해서요."

"하하. 그래도 경기 중에는 꼭 통역을 써. 괜히 잘못 알아듣고 엉뚱한 공을 던지면 큰일이니까."

"네, 명심할게요."

"참, 지난번에 다저스 스타디움은 한 번 봤지?"

"네, 대충요."

"야구장 구경하고 싶은 생각은?"

"글쎄요. 그런 여유를 부릴 때가 아닌 거 같은데요."

"좋은 판단이야. 그럼 나를 따라 오도록 해. 당장 내일부터 등판할지 모르니까 공부를 좀 해두자고."

릭 허니컴 코치는 박건호를 데리고 전략 분석실로 향했다.

다저스 스타디움 내에는 총 4개의 전략 분석실이 마련되어 있었다. 그중 박건호에게 허락된 방은 4번 방. 전략 분석실 중 가장 작은 구석방이었다.

'하긴, 난 아직 마이너리거니까.'

박건호는 애써 서운함을 되삼켰다. 하지만 릭 허니컴 코치가 박건호를 4번 방으로 데려온 이유는 따로 있었다.

"저쪽 방에 불펜 투수들이 모여 있는 거 같으니까 일단 이 방을 이용하자고."

"아, 네."

"지금 괜히 얼굴 마주쳐 봐야 좋을 게 없어. 오면서 들었겠지만 어제 경기에서 역전패해서 분위기가 좋지 않으니까."

릭 허니컴 코치가 씁쓸히 웃으며 양해를 구했다.

어제 있었던 마린스와의 홈 4연전 마지막 경기에서 다저스는 9 대 6, 역전패를 당했다.

6회까지 6 대 3으로 넉넉하게 앞서 갔지만 7회부터 가동된 불펜 투수들이 불을 질러대면서 경기가 뒤집히고 만 것이다.

어제 경기 전까지 다저스의 분위기는 상당히 좋았다. 마린스를 홈으로 불러들여 3경기를 내리 쓸어 담으면서 2경기 차였던 지구 선두 자이언츠와의 격차를 1경기까지 줄여놓은 상태였다.

다저스가 만약 어제 경기를 잡고 자이언츠가 카디널스에게 패배한다면 다저스는 자이언츠와 함께 내셔널 리그 서부 지구 공동 1위 자리에 오를 수 있었다.

하지만 어제 경기를 내주고 자이언츠가 카디널스에 승리하면서 애써 줄인 격차가 다시 2경기 차이로 벌어지고 말았다.

경기 직후 다저스 팬들은 거세게 분노했다. 데빈 로버츠 감독이 모든 경기를 이길 수는 없으며 투수 교체에 다소 문제가 있었다고 불펜 투수들을 감쌌지만 성난 팬들의 시선을 돌리진 못했다.

이런 상황에서 전문 불펜 요원도 아니고 올해 계약한 박건호가 구원 투수로 올라왔으니 다른 불펜 투수들의 마음이 편할 리 없었다.

그래서 릭 허니컴 코치가 일부러 활용도가 떨어지는 4번 방을 준비해 놓은 것이었다.

"혹시 자이디 단장의 인터뷰 기사에 대해 들은 게 있어?"

"네. 에이전트가 말해줬어요."

"본래 예정대로라면 수요일 경기에 등판하게 될 거야. 적어도 하루 정도는 적응할 필요가 있으니까. 하지만 상황이 어떻게 될지는 잘 모르겠어. 더 솔직히 말하자면…… 내일 바로 메이저 리그 데뷔전을 치르게 될지도 모르겠고."

릭 허니컴 코치가 내일이라는 단어에 힘을 줘 말했다. 물론 아직 정해진 건 아무것도 없었다. 파렐 자이디 단장의 인터뷰와는 별개로 박건호의 등판이 며칠 더 미뤄질 가능성도 배제하기 어려웠다.

하지만 돌아가는 분위기로 봐서는 내일 등판할 가능성이 가장 높았다. 그것도 실점 위기 상황에서 마운드에 오를 가능성이 높아 보였다.

릭 허니컴 코치는 박건호의 메이저 리그 데뷔전이 끔찍한 악몽으로 끝나길 원치 않았다. 설사 안타를 맞고 실점하더라도 제 공을 씩씩하게 던져서 뭔가 남는 게 있는 경기를 하길 바랐다.

"카디널스가 어떤 팀인지 아는 게 있어?"

"솔직히 잘은 몰라요. 오승완 선배님이 계신다는 것밖에."

"오승완? 아! 그러고 보니 오도 한국인이었지?"

"네, 제가 존경하는 선수 중 한 명이에요."

"만약 내일 오승완을 만나게 되면 이 말을 전해 줘. 이번 시리즈에서는 볼 일이 없었으면 좋겠다고 말이야."

릭 허니컴 코치가 짓궂게 말했다. 하지만 오승완과 일면식도 없는 상황에서 그런 농담을 전한다는 게 말처럼 쉬운 일은 아니었다.

"하, 하하. 노력은 해볼게요."

"좋아. 그럼 이제부터 공부를 시작해 보자고."

릭 허니컴 코치가 얼굴에서 미소를 지웠다. 그리고 직접 기기를 조작해 박건호가 상대해야 할 타자 한 명, 한 명의 스타일을 설명하기 시작했다.

"일단 맥 카펜터부터 시작하자고."

"아, 이 선수는 알아요. 출루 머신이잖아요."

"그래, 지난 네 시즌 동안 얻어낸 사사구만 350개가 넘을 정도로 선구안이 좋은 타자야. 중심 타자가 아닌데도 커리어 통산 순출루율(IsoD)이 1할에 가까우니까 대단한 거지. 그렇다고 까다롭게 승부하는 건 좋지 않아. 오히려 컨트롤보다는 전력을 다해 공을 던지는 게 더 좋은 결과로 이어질 확률이 높아."

맥 카펜터는 메이저 리그를 대표하는 리드오프 중 한 명이었다. 3할이 넘는 고타율을 자랑하는 스타일은 아니지만 꾸준한 정확도와 중심 타자 못지않은 출루율을 통해 1번 타자로서 제몫을 톡톡히 수행하고 있었다.

게다가 최근 2년간은 20개 이상의 타구를 담장 밖으로 넘겨버리며 발이 느리다는 단점을 자신만의 스타일로 극복하기까지 했다.

하지만 릭 허니컴 코치는 이번 시리즈에서 박건호가 맥 카펜터를 상대하진 않을 거라고 전망했다.

좌타자인 카펜터는 우완 투수보다 좌완 투수에 약한 편이었다. 또한 박건호가 잘 공략하는 높은 쪽 코스에도 약점을 가지고 있었다.

'미안하지만 건, 벤치에서 원하는 건 너의 호투가 아니니까.'

카디널스의 25인 로스터에 포함된 13명의 타자를 빠짐없이 살폈을 때는 세 시간이 훌쩍 지나 있었다.

"자세한 데이터는 여기 있으니까 참고해 봐. 물론 리드는 포수가 하겠지만 왜 그런 공을 요구하는지 알고 던지는 것과 모르고 던지는 건 차이가 있을 테니까."

"네."

"그럼 먼저 가 볼게, 건. 같이 식사라도 하고 싶지만 내가 시간이 많지 않거든."

"아니에요. 이렇게 신경 써주셔서 고맙습니다."

박건호는 릭 허니컴 코치의 호의가 고마웠다. 브라이언 최는 물론이고 모렐 허샤이저와 샌드 쿠팩스까지 득보다 실이 많을 콜업이라며 걱정했지만 릭 허니컴 코치처럼 자신을 응원해 주는 사람도 있다는 사실이 기분 좋았다.

그 감정은 자신의 이름과 등번호가 새겨진 라커룸 앞에 도착하면서 더욱 확실해졌다.

GUN 55

"내가…… 진짜 메이저리거가 됐다니."

박건호는 괜히 웃음이 났다. 금방 내려갈 테고 다시 올라오는 데 적잖은 시간이 걸릴 거라고 이성적으로 수없이 되뇌어 봤지만 입가로 번지는 미소를 도저히 억누를 수 없었다.

그때였다.

"건! 여기 있었어?"

낯익은 목소리가 등 뒤에서 들려왔다.

박건호가 반색하며 고개를 돌렸다. 그러자 오스틴 번이 씩 웃으며 박건호를 끌어안았다.

"잘 왔어. 정말 잘 왔어, 건."

"그동안 잘 있었어?"

"말도 마. 출전 기회가 많지 않아서 미칠 지경이었다고. 하지만 건, 네가 왔으니 나도 숨 좀 쉴 수 있을 것 같아."

시범 경기 기간 동안 박건호와 호흡을 맞춘 건 오스틴 번뿐이었다. 주전 포수 야스마니 그린은 단 한 번도 박건호의 공을 받지 않았다.

박건호가 시범 경기를 통해 두각을 보일 때에도 코칭스태프는 의도적으로 오스틴 번과만 짝을 이루게 했다. 가뜩이나 눈에 띄는 박건호가 야스마니 그린과 호흡까지 잘 맞는 걸 원치 않았기 때문이다.

덕분에 메이저 리그에서도 오스틴 번이 박건호의 공을 받게 될 가능성이 높았다.

“참. 밥은 먹었어?”

“아니. 아직.”

“잘됐다. 나하고 함께 먹자.”

“네가 사는 거지?”

“그래, 하지만 이번 달이 지나면 네가 사.”

“그게 무슨 소리야?”

“네가 다음 달까지 버틴다면, 그때부터는 네가 사야 할 거라고.”

오스틴 번이 씩 웃었다. 구단 직원들이 뭐라고 떠들든 간에 그는 박건호를 이대로 마이너 리그에 돌려보낼 생각이 없었다.

‘건이 불펜에 자리를 잡아준다면 내가 출전할 기회도 늘어날 거야. 그러니까 어떻게든 건이 잘 던지도록 도와줘야 해.’

오스틴 번은 박건호가 카디널스-컵스-카디널스로 이어지는 10연전을 버텨낸다면 계속해서 불펜에 남을 수 있을 거라 여겼다.

물론 쉽지 않은 일이겠지만 박건호의 실력을 제대로 평가하지도 않은 채 부정적인 말만 늘어놓는 구단 인사들의 생각만큼 불가능한 일은 아닐 거라 믿었다.

“참, 커브는 어떻게 됐어?”

“이제 그럭저럭 던지는 수준은 됐다고 하셨어.”

“누가? 샌드 쿠팩스가? 샌드 쿠팩스에게 커브로 칭찬을 받은 거야?”

“칭찬은 무슨. 이제 겨우 봐줄 만하다고 했다니까?”

“그러니까 칭찬이지. 샌드 쿠팩스가 누군데? 다저스를 떠나 메이저 리그를 대표하는 레전드고 최고의 커브볼러 중 한 명이잖아. 그런 사람의 기준에서 봐줄 만하다는 건 쓸 만하다는 소리 아냐?”

“그런가?”

“안 되겠다. 식사 끝나면 나하고 캐치볼 좀 하자. 내가 직접 확인해 봐야겠어.”

“그건 메뉴를 보고 생각해 보자고.”

“하하. 건, 그런 표현은 누구에게 배운 거야?”

“누구긴. 샌드 쿠팩스 코치님이 입버릇처럼 하는 말인데.”

"그런데 너 영어 엄청 늘었다. 따로 공부라도 한 거야? 비결이 뭐야?"

오스틴 번이 박건호의 영어 실력에 감탄했다. 시범 경기 때도 박건호가 제법 빨리 영어 표현을 익힌다고 생각은 했지만 잠깐 못 본 사이에 이 정도로 달라질 줄은 예상하지 못한 모양이었다.

그러나 박건호도 이 영어 미스터리에 대해서는 할 말이 없었다.

'그건 나도 궁금하다니까. 메이저 리그에서 성공 못 하면 한국 가서 영어 학원 차려야 하나 진지하게 고민될 정도라고.'

박건호가 씩 웃었다. 긴장하면 여전히 듣기와 말하기 레벨이 뚝 떨어졌지만 이런 식으로 가다 보면 내후년 즈음에는 통역 없이도 미국에서 버틸 수 있을 것 같았다.

"어쨌든 가자! 내가 근사한 스테이크를 사줄 테니까."

"오스틴, 너무 무리하는 거 아냐?"

"하하. 이번 한 번뿐이니까 괜찮아. 대신 절대 마이너 리그에 내려가지 마. 알았지?"

"그래, 알았어."

박건호가 슬쩍 눈을 빛냈다. 언감생심일지는 모르겠지만 이 좋은 곳을 놔두고 다시 오클라호마시티로 돌아가고 싶지 않아졌다.

4

다음 날.

다저스 스타디움에서 다저스와 카디널스 간 이번 시즌 첫 맞대결이 시작됐다.

다저스의 선발 투수는 스캇 카이저. 올 시즌 9차례 선발 등판해 2승 4패. 평균 자책점 6.48의 부진한 투구를 이어가고 있었다.

이에 맞서는 카디널스 선발은 4선발 에이든 웨인라이트. 시즌 성적 2승 3패. 평균 자책점 4.80을 기록 중이었다.

"오늘은 점수깨나 나겠지?"

"아무래도. 스캇 카이저와 에이든 웨인라이트 둘 다 컨디션이 좋아 보이진 않으니까."

"솔직히 전성기가 지난 시점에서 이 정도 버티는 것도 대단한 거 아닌가?"

"에이든 웨인라이트야 카디널스의 프랜차이즈 스타니 그렇다 치더라도 솔직히 한물간 스캇 카이저를 4,800만 달러나 주고 데려온 건 이해가 안 간다고."

"하긴, 그건 확실히 프리드먼 사장이 미친 거야."

다저스 기자들은 지난 시즌 4,800만 달러(계약 기간 3년)를 받고 선발진에 합류한 스캇 카이저에 대해 불만이 많았다.

에이스 슬레이튼 커쇼의 뒤를 든든히 받쳐 주길 기대했지만 지난 시즌 성적은 10승 6패, 평균 자책점 4.56에 그쳤다.

27경기에 등판해 열 번의 승리를 채웠으니 이만하면 제몫은 다했다고 생각할지 몰랐다.

하지만 투구 이닝(136이닝)과 퀄리티스타트(9회) 등 세부 기록은 연평균 1,600만 달러를 받는 투수와 결코 어울리지 않았다.

그래서 다저스 기자들은 이번 시즌이 끝나고 스캇 카이저가 옵트아웃을 선언하길 바랐다. 3년 계약을 채결하면서 1년째 다시 FA 권한을 행사할 수 있는 옵션을 삽입한 만큼 이대로 다저스를 떠나주길 기대했다.

하지만 스캇 카이저는 당당하게 옵트아웃을 포기하고 다저스맨을 선언했다. 덕분에 다저스는 연평균 1,600만 달러를 받는 처치 곤란한 84년생 투수를 계속해서 선발 로테이션에 기용할 수밖에 없는 상황에서 벗어나지 못하고 있었다.

"오늘은 몇 회나 버틸까?"

"글쎄. 그래도 6회는 버티지 않겠어?"

"6회는 무슨. 지난 경기 때도 5회를 버티지 못했는데."

"그래도 휴식일이 끼어서 푹 쉬었잖아. 오늘은 다르겠지."

"6회는 기대도 안 해. 난 그저 에이든 웨인라이트보다 오래 버텨줬으면 좋겠어."

"그래도 다저스의 2선발인데 이름값은 해줘야지."

다저스 기자들 중 누구도 스캇 카이저의 호투를 기대하지 않았다. 그저 불펜에 과부하가 걸리지 않도록 최소 5회 이상은 버텨주길 바랐다.

그러나 애석하게도 경기 초반부터 터진 카디널스 타선의 맹공 앞에 스캇 카이저는 4회를 마치기도 전에 강판되고 말았다.

"환장하겠군."

"그러니까 지난 이닝 끝나고 바꿔야 한다고 했잖아!"

"하아. 1사 주자 1, 3루라고. 여기서 한 점 더 내주면 넉 점 차야."

"여기서 누굴 올려야 하지?"

"젠장. 그렇다고 브랜튼이나 젠슨을 올릴 수도 없잖아."

"콜맨이나 바이즈가 올라오겠지."

"둘 중 하나라면 차라리 바이즈가 낫겠어."

다저스 기자들의 시선이 불펜 쪽으로 향했다. 그리고 잠시 후 불펜 문이 열리더니 덩치 큰 선수 하나가 마운드로 걸어왔다.

"뭐, 뭐야?"

"55번? 저 녀석, 이번에 올라온 루키 아냐?"

"허, 로버츠 감독 미친 거 아냐? 지금 이 상황에서 루키를 올린다고?"

"망했군, 망했어. 오늘 경기는 더 볼 것도 없겠어."

기자들만큼이나 다저스 스타디움에 모인 팬들도 당혹감을 감추지 못했다.

4 대 1, 석 점 차로 뒤진 상황이지만 아직 경기 초반이었다. 카디널스의 선발 에이든 웨인라이트가 매 이닝 스코어링 포지션에 주자를 내보내고 있다는 점을 감안했을 때 이번 위기만 잘 막으면 얼마든지 경기를 뒤집을 수 있었다.

그런데 신인이라니. 그것도 좌투수에 강한 4번 타자 스티브 피스코티 앞에 좌완 투수라니. 이건 오늘 경기를 포기하겠다는 소리나 다름없어 보였다.

다저스 선수들도 놀란 눈으로 박건호의 등장을 지켜봤다. 오직 교체된 포수 오스틴 번만이 웃으며 박건호를 맞았다.

"건, 긴장한 거 아니지?"

"조금 긴장되긴 하는데요."

"그 정도 긴장은 괜찮아. 이 상황에서 아무렇지 않다는 게 더 이상한 거니까. 그래도 겁먹지 말라고. 3루 주자는 신경 쓰지 말고 아웃 카운트를 늘리는 데 충실해. 무슨 소리인지 알겠어?"

"아, 네."

"이런, 이런. 레이첼, 내가 한 말을 건에게 다시 말해줘요."

"아니에요. 괜찮아요. 다 들었어요. 정말이에요."

"그래? 그럼 내가 뭐라고 했는지 말해봐."

"3루 주자 신경 쓰지 말고 아웃 카운트를 잡아라."

"흠……. 좋아. 그리고 한 가지 더 말해주자면…… 좀 웃으라고. 오늘 경기가 끝나면 아마 네 데뷔전 사진들이 쏟아질 텐데 바보처럼 보이면 창피하잖아. 안 그래?"

릭 허니컴 투수 코치가 웃으며 박건호의 긴장을 풀어주었다. 반쯤 농담이었지만 오히려 박건호에게는 그 어떤 말보다 확실한 효과가 있었다.

'정신 차려야 해! 평생 돌고 돌 사진인데 바보처럼 보일 순 없다고!'

박건호가 크게 숨을 골랐다. 그 모습을 지켜보던 릭 허니컴 코치가 씩 웃으며 박건호의 어깨를 두드려 주었다.

릭 허니컴 코치와 레이첼이 마운드를 내려가는 동안 오스틴 번이 빠르게 주문을 늘어놓았다.

"긴장 풀고. 정신 바짝 차리고. 저 녀석 좌투수에게 강해. 게다가 득점권에서도 엄청 잘 때려. 작년 득점권 타율이 3할 6푼 3리라고."

"그렇게 말하면 더 긴장되잖아!"

"이 바보야. 어차피 기록만 놓고 보면 넌 저 녀석한테 안 돼. 그러니까 다른 건 다 잊어버리고 내 사인하고 미트만 보라고.

알았어?"

오스틴 번이 다그치듯 말했다. 만에 하나 이 상황에서 박건호가 정신 못 차리고 엉뚱한 공이라도 던진다면? 그다음은 상상할 필요조차 없었다.

"그래, 알았어."

박건호도 단단히 고개를 끄덕였다. 그토록 꿈꿔왔던 메이저 리그 데뷔 무대였다. 비록 엉겁결에 등 떠밀려 올라오긴 했지만 그렇다고 비웃음과 조롱을 받고 싶은 생각은 눈곱만큼도 없었다.

"좋아. 이제부터 진짜니까 마음 단단히 먹어."

주먹으로 박건호의 가슴을 툭툭 두드린 뒤 오스틴 번이 포수석으로 내려왔다. 그러자 스티브 피스코티가 기다렸다는 듯이 이죽거리기 시작했다.

"작전 회의는 다 끝난 거야? 기다리다 한숨 잘 뻔했다고."

"시끄러워."

"쌀쌀맞기는. 그런데 괜찮겠어? 나 좌완 투수한테 좀 강한데 말야."

"시끄럽다니까."

"하아, 이런 악역은 정말 싫은데. 어쩌겠어? 하필 나를 만났으니 말이야."

스티브 피스코티가 길게 입가를 찢어 올렸다. 이렇게 자극하면 오스틴 번이 정면 승부를 걸어줄 거라 생각한 모양이었다.

하지만 오스틴 번은 스티브 피스코티의 도발에 말려 들 생각이 전혀 없었다.

'보나마나 패스트볼이 몰려 들어오길 기다리는 모양인데 꿈 깨라고.'

길게 숨을 내쉰 뒤 오스틴 번이 손가락을 움직였다. 그러고는 바깥쪽 높은 코스로 미트를 들어 올렸다.

'뭐야?'

곁눈질로 미트의 위치를 훔쳐 본 스티브 피스코티가 미간을 찌푸렸다.

초반부터 카운트를 잡으러 들어오길 바랐는데 자신의 반응을 지켜보듯 하나 뺄 생각이라면 굳이 대응할 필요가 없을 것 같았다.

'보나마나 터무니없는 볼이겠지.'

스티브 피스코티의 어깨가 살짝 내려앉았다. 그 순간.

후앗!

박건호의 손끝을 빠져나온 공이 큰 포물선을 그리더니 그대로 바깥쪽 스트라이크존에 걸쳐 들어왔다.

"스트라이크!"

눈을 부릅뜨고 공을 지켜보던 구심이 오른팔을 들어 올

렸다.

“허……!”

동시에 스티브 피스코티의 입에서 헛웃음이 터져 나왔다.

커브였다.

그것도 노리지 않고서는 쉽게 때려내기 어려운, 마지막 순간에 홈 플레이트 쪽으로 꺾여 들어오는 백도어성 커브였다.

“나이스 볼!”

오스틴 번이 씩 웃으며 박건호에게 공을 돌려주었다. 자연스럽게 스티브 피스코티의 눈매가 굳어졌다.

‘일부러 던졌다 이거지?’

스티브 피스코티가 방망이를 단단히 움켜쥐었다. 고작 루키 따위에게 방심하다가 볼카운트를 빼앗겼다고 생각하니 4번 타자로서 자존심이 상했다.

‘그래, 그렇게 나오셔야지.’

오스틴 번은 그럴 줄 알았다며 다시 손가락을 움직였다. 그러고는 미트를 스티브 피스코티의 몸 쪽으로 단단히 붙여 넣었다.

“후우…….”

사인을 확인한 박건호가 길게 숨을 내쉬었다.

4번 타자를 상대로 몸 쪽 공이다. 조금만 삐끗해도 장타로 연결될 수밖에 없다.

하지만 박건호는 발을 풀지 않았다. 가볍게 고개를 끄덕거린 뒤 3루 주자와 1루 주자의 위치를 한 번씩 확인했다.

3루 주자 맥 카펜터는 3루 베이스에 거의 붙어 있었다. 반면 1루 주자 지니 페렐타는 박건호를 자극하듯 슬금슬금 리드 폭을 넓혔다.

'페렐타, 왜 그래? 정말 뛸 생각은 아니지?'

박건호는 지니 페렐타를 무시했다. 작년은 물론이고 올해에도 도루 기록이 전무한 지니 페렐타가 스티브 피스코티의 타석 때, 그것도 좌완 투수가 마운드를 지키는 상황에서 뛸 가능성은 한없이 0에 수렴했다.

대신 박건호는 오스틴 번이 원하는 최적의 궤적을 머릿속에 그렸다. 오스틴 번이 이 상황에서 점수를 내주자고 몸 쪽 공을 요구하지는 않았을 터. 그렇다면 결국 파울이나 헛스윙을 유도해 볼카운트를 유리하게 끌고 가겠다는 계산이 분명했다.

'스트라이크를 던져서는 안 돼. 최대한 깊숙하게. 초구로 시선을 바깥쪽으로 끌고 왔으니 어지간한 공은 스트라이크로 보일 거야.'

생각을 정리한 박건호가 힘차게 투수판을 박차고 나갔다.

후앗!

박건호의 손끝을 빠져나간 공이 사선으로 홈 플레이트를

향해 날아갔다.

'몸 쪽!'

스티브 피스코티는 망설이지 않고 방망이를 휘돌렸다. 스트라이크존을 벗어난 몸 쪽 공이라 해도 자신의 스윙으로 얼마든지 이겨낼 수 있다고 판단했다.

하지만 마지막 순간에 날카롭게 꺾여 들어간 공은 방망이의 손잡이 부분에 걸려 그대로 3루 파울라인을 벗어나 버렸다.

"슬라이더라니."

스티브 피스코티가 이를 악물었다. 초구에 커브가 들어왔으니 2구째는 포심 패스트볼일 거라 확신했는데 또다시 허를 찔리고 말았다.

덕분에 볼카운트도 투 스트라이크로 변했다.

'일단 몰아넣긴 했는데 곧바로 승부를 들어가야 할까? 아니면 하나 정도 빼볼까?'

오스틴 번이 힐끔 스티브 피스코티를 바라봤다. 제아무리 노련한 타자라 하더라도 투 스트라이크에 몰린 이상 부담을 가질 수밖에 없었다.

'이 녀석이라면…….'

오스틴 번이 씩 웃으며 가랑이 사이로 손을 집어넣었다.

첫 번째 수신호는 손가락 세 개.

두 번째 수신호는 집게손가락 두 개.

세 번째 수신호는 새끼손가락 하나.

'바깥쪽으로 빠지는 유인구를 던지라 이 말이지?'

사인을 확인한 박건호가 가볍게 고개를 끄덕였다. 그리고 잠시 1루 주자 지니 페렐타를 응시한 뒤 빠르게 투수판을 박차고 나갔다.

후앗!

박건호의 손가락에서 공이 빠져나가기가 무섭게 스티브 피스코티가 방망이를 움직였다.

초구 커브, 2구 슬라이더. 그렇다면 3구는 포심 패스트볼이 들어올 수밖에 없다고 여겼다.

하지만 박건호가 내던진 공은 바깥쪽 높게 치솟더니 큰 포물선을 그리며 뚝 떨어졌다.

'젠장할!'

뒤늦게 구종을 알아챈 스티브 피스코티가 있는 힘껏 팔을 뻗었다. 이미 가속이 붙은 방망이를 멈춰 세울 자신은 없으니 어떻게든 공을 걷어낼 생각이었다.

그런데 방망이 끝에 걸린 공이 1루 파울라인을 따라 구르면서 스티브 피스코티의 선택은 최악의 결과로 이어졌다.

"건! 1루로!"

1루수 에이든 곤잘레스가 타구를 향해 달려들자 오스틴 번이 포수 마스크를 벗어 던지며 소리쳤다. 하지만 그보다 먼저 박건호의 몸은 1루를 향해 움직이고 있었다.

“잡았다!”

거구를 이끌고 타구를 낚아챈 에이든 곤잘레스가 곧장 2루를 지키고 있던 2루수 엔리 에르난데스를 향해 공을 던졌다.

팡!

엔리 에르난데스가 팔을 쭉 뻗어 송구를 받아냈다. 그리고 1루로 공을 던지려는 순간.

“어엇!”

거칠게 발을 뻗어 올린 1루 주자 지니 페렐타가 시야 속으로 들어왔다.

‘피해야 해!’

지니 페렐타의 슬라이딩을 피해 엔리 에르난데스가 그대로 뛰어올라 공을 내던졌다. 그 바람에 송구는 겨우 1루 베이스에 도착한 박건호의 머리 위쪽으로 날아들었다.

전문 1루수도 아니고 백업 플레이에 들어간 투수라면 십중팔구 놓칠 수밖에 없는 상황이었다. 그런데.

팟!

박건호가 제자리에서 껑충 뛰어오르더니 1루수 더그아웃으로 빠질 뻔 한 공을 낚아채 버렸다. 그것으로도 모자라 착지와 동시에 오른팔을 쭉 뻗어 1루로 들어오던 스티브 피스코티의 어깨를 찍어 눌렀다.

"세, 아니, 아웃!"

박건호의 예상치 못한 호수비에 1루심의 발음이 꼬여 버렸다. 그러자 카디널스의 마이크 매스니 감독이 곧장 챌린지를 신청했다.

―와우, 지금 무슨 일이 일어난 거죠? 저는 엔리 에르난데스의 송구가 완전히 빠졌다고 생각했는데요.

―건이 1루 베이스에 늦지 않게 들어가서 빠질 뻔한 송구를 잡아낸 것까지는 확인했는데 저도 그다음은 잘 모르겠습니다. 이건 리플레이 화면을 확인해 봐야 할 것 같아요.

다저스 중계진은 일단 말을 아꼈다. 박건호의 슈퍼 캐치에 감탄하느라 정작 중요한 태그 장면을 확인하지 못한 것이다.

타이밍만 놓고 보자면 세이프였다. 박건호가 공을 잡은 순간 시야에 스티브 피스코티의 모습이 들어왔다.

박건호가 착지하는 과정에서 손을 뻗었다고 가정한다면 스티브 피스코티의 발이 베이스에 먼저 도착했을 가능성이 높았다.

하지만 1루심은 세이프가 아니라 아웃을 선언해 버렸다. 박건호의 글러브가 스티브 피스코티의 어깨에 닿는 순간, 스티브 피스코티의 발이 베이스에 도달하지 못한 것 같다는 느낌을 받은 것이다.

1루심의 고민은 리플레이 화면을 통해 정확하게 드러났다.

—이거 재미있게 됐는데요? 하하. 다저스의 루키가 오늘 엄청난 짓을 저질러 버렸습니다.

—확실히 리플레이 화면을 다시 봐도 모르겠습니다. 하필 스티브 피스코티가 1루로 발을 쭉 뻗는 과정에서 건이 오른팔을 내밀었습니다. 각도에 따라 미묘한 차이는 있겠습니다만…… 이 정도면 거의 동시에 이루어진 상황처럼 보입니다.

—그래도 어떻게든 판정은 내려야겠죠?

—비디오 판독 센터에서 어떤 결과가 나올지 기대됩니다.

다저스 중계진을 비롯해 모두의 시선이 한데 모여 있는 심판들에게 향했다. 이 판정 하나로 오늘 경기 분위기가 완전히 달라질 수 있었다.

비디오 판독 센터와 한참 동안 대화하던 구심도 쉽게 결정을 내리지 못했다.

1루심을 비롯해 다른 심판들의 의견을 전부 물어본 뒤 마지막으로 비디오 판독 센터와 다시 한번 판정을 조율했다.

그리고 잠시 후.

“아웃!”

구심이 그라운드를 향해 주먹을 높이 들었다.

“그렇지!”

“바로 그거야!”

조마조마한 심정으로 챌린지 결과를 기다렸던 다저스 팬들의 입에서 동시에 환호성이 터져 나왔다.

“후우…….”

박건호도 참았던 숨을 크게 터뜨렸다. 그러자 코일 시거가 냉큼 다가와 박건호의 어깨를 끌어안았다.

“건! 잘했어! 정말 잘했어!”

코일 시거가 박건호를 붙잡자 다른 선수들도 우르르 몰려들었다. 그들 중에는 에이스 슬레이튼 커쇼도 끼어 있었다.

“현신의 나라에서 온 루키지? 반갑다. 앞으로 잘해보자.”

슬레이튼 커쇼가 박건호에게 주먹을 부딪치며 말했다. 순간 박건호는 자신도 모르게 몸을 부르르 떨고 말았다. 그토록 만나고 싶었던 슬레이튼 커쇼와 스킨십까지 했으니 이제 죽어도 여한이 없을 것 같았다.

하지만 릭 허니컴 코치는 마이너 리그에서 올라온 행운의 여신(?)을 이대로 죽게 내버려 둘 생각이 없었다.

“건, 더 던질 수 있지?”

“네? 아, 네. 물론이죠.”

"그럼 다음 이닝까지 맡아줘."

"알겠습니다."

박건호도 냉큼 정신을 차렸다. 그러고는 오스틴 번의 옆자리에 냉큼 주저앉았다.

"오스틴! 다음 이닝 준비하자."

"나 이것 좀 마시고."

"빨리 빨리. 시간이 없다고."

4번 타자 스티브 피스코티를 잡아내긴 했지만 아직 안심할 수 있는 상황은 아니었다.

5번 타자 제이드 기오코는 물론이고 6번 타자 야디에르 모리나, 7번 타자 브레드 모스까지 이제 막 메이저 리그에 데뷔한 박건호가 만만하게 볼 타자는 한 명도 없었다.

하지만 오스틴 번은 그렇게까지 걱정할 필요 없다며 잘라 말했다.

"피스코티를 상대했을 때처럼만 집중해서 던져. 그거면 충분해."

오스틴 번의 단언대로 박건호는 5회 초 카디널스 공격을 삼자범퇴로 돌려세우며 마운드를 내려왔다.

그렇게 박건호의 메이저 리그 데뷔전이 끝이 났다.

18장
콜업(2)

5

박건호의 예상 밖 호투 속에 분위기를 다잡은 다저스는 6회와 7회, 한 점씩 따라 붙으며 카디널스를 압박했다. 내셔널 리그 팀 홈런 1위를 달리고 있는 카디널스를 상대로 코일 시거와 조시 메딕이 솔로 홈런포를 쏘아 올린 것이다.

하지만 추격은 거기까지였다. 카디널스가 캐빈 지그스트-오승완을 내세워 뒷문을 틀어 잠그면서 더 이상의 추가점을 뽑아내는 데 실패했다.

최종 스코어 4 대 3.

6이닝 동안 8개의 안타를 내주면서도 2실점으로 버틴 에이든 웨인라이트가 시즌 3승째(3패)를 챙겼다. 반면 3.1이닝 4실점으로 부진한 모습을 보였던 다저스 선발 스캇 카이저는 5패째(2승)를 떠안게 됐다.

"스캇 카이저를 언제까지 지켜봐야 할지 모르겠습니다."

다저스 TV의 심야 스포츠 토크 쇼에 모인 전문가들이 가장 먼저 꺼낸 주제는 역시나 스캇 카이저의 부진이었다.

다저스가 스캇 카이저를 데려오기 위해 쓴 돈은 자그마치 4,800만 달러였다. 계약 기간 3년. 연평균 1,600만 달러. 이 정도면 2선발, 혹은 꾸준한 3선발 수준의 퍼포먼스를 보여주어야 한다.

하지만 지난 시즌에 이어 이번 시즌에도 스캇 카이저의 투구는 달라지지 않았다. 아니, 오히려 더 답답해졌다.

"스캇 카이저의 평균 자책점이 얼마죠?"

"6.75입니다. 이 기세라면 7을 넘기겠어요."

"평균 자책점이 중요한 게 아닙니다. 스캇 카이저의 이닝 소화 능력을 보세요. 10경기 동안 고작 53.1이닝밖에 소화하지 못했습니다. 경기당 5.3이닝이에요. 이건 하위 선발에게나 어울리는 기록입니다."

전문가들은 스캇 카이저에게 더 이상의 기회를 주는 건 무의미하다는 데 전적으로 동의했다. 하지만 누가 스캇 카이저의 자리를 차지해야 하는지에 대해서는 의견이 갈렸다.

"지금 기대할 수 있는 최고의 시나리오는 류현신이 건강한 모습으로 돌아오는 겁니다."

"류현신이요? 하하, 좋죠. 류현신이 2013년, 2014년처럼 던져 준다면 말이죠."

"지금 다저스의 선발진을 보세요. 마에다 케이타를 제외하고는 전부 좌완 투수뿐입니다."

"다저스의 선발 로테이션에 새로운 우완 투수가 합류해야 한다는 점은 전적으로 찬성입니다. 하지만 좋은 좌완 투수들을 놔두고 우완이라는 이유만으로 기회를 준다는 건 말이 되지 않습니다."

"다저스의 선발진을 강하게 만들어줄 우완 투수가 누가 있을까요? 호세 라이언? 로스 스트리플? 그것도 아니면 야디에르 알베스?"

"그나마 대안이라면 로스 스트리플이겠죠. 차선책은 호세 라이언 정도겠고요. 야디에르 알베스는…… 지금 다저스의 선발 투수 이야기하고 있는 거 맞죠?"

"하아, 그렇게 따지면 스캇 카이저뿐입니까? 훌리오 유레아스도 기대 이하고 알렉스 우든은 여전히 팔꿈치가 좋아 보이지 않아요. 이들을 다 빼버리고 리빌딩을 선언해야 할까요?"

"정말 2014년을 그리워하게 되네요. 슬레이튼 커쇼와 맥 그래인키, 그리고 건강한 류현신이 있었을 때만 해도 고작 몇 년 만에 이 꼴이 될 줄은 아무도 예상하지 못했으니까요."

스캇 카이저에 대한 불만으로 시작된 이야기는 다저스의 암울한 현실로 끝이 났다.

해마다 포스트 시즌 티켓을 거머쥐고 있긴 하지만 이런 식이라면 작년보다 더 나은 성적을 거둘 거라고 장담하기 어려웠다.

"후우……. 그래도 오늘 경기에서 괜찮은 투수를 한 명 본 것 같아서 다행입니다."

답답한 분위기를 환기시키듯 누군가가 화제를 바꿨다. 그러자 다른 전문가들도 기다렸다는 듯이 입을 열었다.

"건을 말하는 거죠?"

"하하. 그 친구, 잘 해낼 줄 알았습니다. 솔직히 시범 경기에서도 좋은 성적을 냈잖아요?"

"아직 준비가 덜 됐다는 생각이 들었는데 확실히 오늘 경기는 인상적이었습니다. 특히나 스티브 피스코티를 더블플레이로 유도한 건 몇 번을 말해도 지나치지 않을 정도예요."

"좋은 공을 던지기도 했지만 정말 기민한 플레이를 보여줬습니다. 솔직히 메이저 리그에 막 올라온 젊은 투수라면 그 상황에서 당황하게 마련이거든요."

"엔리 에르난데스의 송구를 받지도 못했겠죠."

"그런데 그 공을 껑충 뛰어서 잡아낸 것으로도 모자라서 스티브 피스코티를 태그아웃까지 시켜 버렸어요. 이건 아무나 할 수 있는 플레이가 아닙니다."

"말로만 떠들 게 아니라 다시 한번 보죠."

전문가들의 시선이 큼지막한 대형 화면으로 향했다. 잠시 후 박건호의 메이저 리그 데뷔 장면이 플레이됐다.

"초구에 커브였습니다."

"보통은 패스트볼이죠. 마이너리거들은 자신의 실력을 맹신하는 경향이 있으니까요."

"그런 점도 있지만 패스트볼부터 체크하는 게 포수 입장에서는 나으니까요. 그런데도 오스틴 번은 초구에 커브를 요구했습니다."

"여기서부터 스티브 피스코티의 계산이 틀어져 버렸죠."

전문가들은 마치 사담을 하듯 박건호의 투구 하나 하나를 되짚어 나갔다. 그러다 문제의 1루 땅볼이 나오자 너 나 할 것 없이 언성을 높였다.

"다시 봐도 정말 좋은 플레이였습니다. 오늘 다저스가 경기를 뒤집었다면 최고의 명장면이 될 뻔했어요."

"솔직히 건이 스티브 피스코티를 더블플레이로 유도해 내지 못했다면 4 대 3까지 추격하는 일도 없었을 겁니다. 경기 분위기가 완전히 카디널스 쪽으로 넘어가 버렸을 테니까요."

"어쨌든 저는 이 젊은 투수를 자주 봤으면 좋겠습니다."

"저도 마찬가지입니다. 다저스의 두 레전드인 모렐 허샤이저와 샌드 쿠팩스의 지도를 받았으니 더욱 기대가 됩니다."

전문가들이 앞다투어 박건호를 칭찬했다. 몇몇 전문가는 다저스 마운드에 새로운 바람을 불러일으킬 거라고 전망하기까지 했다.

"……빌어먹을."

앤디 프리드먼 사장은 짜증스럽게 TV를 꺼버렸다. 고작 한 경기 잘 던졌을 뿐이다. 그런데도 전문가들은 벌써부터 박건호를 다저스의 구원자처럼 들먹이고 있었다.

"할 줄 아는 거라고는 뒷말을 늘어놓는 것뿐인 인간들이 뭘 안다고 떠들어대는 거야?"

앤디 프리드먼 사장이 와인을 벌컥벌컥 들이켰다. 그러자 건너편에 앉아 있던 파렐 자이디 단장이 걱정스런 표정을 지었다.

"천천히 드십시오. 그러다 탈이라도 나실까 걱정입니다."

"크으! 나 앤디 프리드먼이야! 고작 이 정도로는 끄떡없다고!"

"알죠. 그러니까 천천히 드시라고요. 아직 시즌은 많이 남아 있습니다. 오늘 경기는 162경기 중 한 경기일 뿐이고요."

"후우……."

앤디 프리드먼 사장이 길게 한숨을 내쉬었다. 파렐 자이디 단장의 말이 틀린 건 아니지만 스캇 카이저의 부진은 솔직히 뼈아팠다.

내부의 반대를 무릅쓰고 최소 2-3년 정도는 좋은 모습을 보여줄 거라 기대하며 데려왔는데 이 모양이니 언론의 비난이 전부 자신을 향하고 있는 것 같은 기분마저 들었다.

"작년에 카이저를 내보냈어야 했어."

"하지만 그땐 스캇 카이저가 이렇게까지 형편없어질 줄은 몰랐습니다."

"대체 문제가 뭐야? 부상이야? 아니면 몰래 도박에라도 빠진 거야?"

"애당초 너무 큰 기대를 했던 것 같습니다."

"그래서? 어쩔 수 없다 이거야? 이대로 계속 내버려 두자고?"

"야디에르 알베스가 성장해 줄 때까지 스캇 카이저가 시간을 벌어줘야 합니다."

"후우……."

야디에르 알베스의 이야기가 나오자 앤디 프리드먼 사장이 또다시 한숨을 내뱉었다. 그러고는 반쯤 남은 와인을 벌컥벌컥 들이켜 버렸다.

스캇 카이저는 앤디 프리드먼 사장이 쳐내고 싶은 아픈 손가락 중 하나였다. 그리고 그 아픈 손가락을 대신하기 위해 데려온 게 야디에르 알베스였다.

하지만 지금 분위기상으로는 야디에르 알베스 역시 아픈 손가락이 될 가능성이 높아 보였다.

"알베스가 정말 성장할 수 있을까?"

"성장할 겁니다. 아니, 성장해야만 합니다."

"그래야 할 텐데……."

"야디에르 알베스의 활약에 우리 모두의 미래가 달려 있습니다. 그러니까 약한 마음먹지 마십시오. 다 잘될 겁니다."

파렐 자이디 단장은 야디에르 알베스가 실패할 리 없다고 확신했다. 다저스의 스카우터들은 물론이고 다른 구단의 스카우터들까지 서로 데려가겠다고 난리를 치던 인재였다. 당장 지금은 바뀐 환경에 적응하지 못하고 있지만 충분한 시간을 준다면 최소한 기대만큼은 성장해 줄 것이라 여겼다.

"그건 그렇고, 저 녀석은 어떻게 할 셈이야?"

"건이라면 너무 걱정하실 필요 없습니다."

"지금 걱정하지 않게 생겼어?"

"저는 솔직히 오늘 건이 잘 던져 주길 바랐습니다. 그래야 전문가들이 건을 대단한 유망주로 치켜세워 줄 테니까요."

"……그렇게 하늘 높이 띄운 뒤에 고꾸라뜨리겠다 이 건가?"

"하하. 제가 손쓸 필요가 있을까요? 건은 그저 운 좋게 첫 경기를 잘 치른 루키에 불과합니다. 아마 한두 경기 정도는 더 좋은 결과를 만들어낼 수 있겠죠. 하지만 거기까지일 겁니다. 지금껏 준비되지 않은 채로 메이저 리그에 올라왔다가 무너진 마이너리거들처럼 건도 그렇게 될 겁니다."

파렐 자이디 단장이 저주를 내뱉듯 중얼거렸다. 그 목소리가 어찌나 음산하던지 앤디 프리드먼 사장은 자신도 모르게 술이 확 깨고 말았다.

"조, 좋아. 그 녀석의 일은 자네에게 맡기지."

"아예 신경 쓰지 않으셔도 될 겁니다. 다음 달이 지나기 전에 건의 이름은 로스터에서 사라져 버릴 테니까요."

"그래, 그렇게만 해달라고."

앤디 프리드먼 사장이 다시 와인 병을 집어 들었다. 그리고 빈 잔 가득 와인을 따랐다.

파렐 자이디 단장도 반쯤 채워진 와인 잔을 입에 가져다 댔다.

그렇게 2017시즌의 또 하루가 지나갔다.

6

다음 날.

"건, 어깨는 어때?"
"특별히 문제는 없는데요."
"오늘 또 던질 수 있겠어?"
"저 연투는 처음인데요?"
"팀 닥터는 뭐라고 했는데?"
"별문제 없다고……."
"그럼 미리미리 준비하고 있으라고. 알았지?"

라커룸에서 만난 조시 브레드 불펜 코치가 박건호에게 불펜 대기를 통보했다.

"뭐야? 이렇게 일방적으로 결정하는 거였어?"

박건호는 살짝 기분이 나빠졌다. 카디널스에 입단한 오승완의 인터뷰에 따르면 메이저 리그에서는 선수의 컨디션이나 의사를 물어본 뒤에 등판 여부를 결정한다는데 이건 너무나 일방적이었다.

그러나 메이저 리그에서 뛰고 있다고 해서 모두가 메이저 리거로 인정받는 건 아니었다.

"뭐야, 건. 표정이 왜 그래? 어제 잠 못 잤어?"

"아니, 그게 아니라…… 브레드 코치가 불펜에서 대기하라는데?"

"고작 그것 때문에 기분이 나쁜 거야? 이봐, 건. 넌 아직 마이너리거라고. 운 좋게 첫 경기 잘 던졌다고 진짜 메이저리거가 된 것처럼 굴지 마."

"누, 누가 뭐랬어?"

"억울하면 이 악물고 악착같이 버티라고. 네가 마이너 리그로 내려가지 않을 거라는 확신을 줘야 코치들도 널 존중해 주지. 안 그래?"

오스틴 번이 박건호의 어깨를 두드렸다. 수백 수천만 달러의 돈을 받는 메이저리거와 메이저 리그와 마이너 리그를 오가는 유망주의 처지가 똑같을 수는 없는 노릇이었다.

게다가 박건호의 승격은 15일짜리 부상자 명단에 오른 베테랑 좌완 불펜 투수 브랙 앤더슨과 맞물려 있었다.

코칭스태프들 중 누구도 박건호가 브랙 앤더슨을 완전히 대체할 거라 생각하지 않았다. 때가 되면 브랙 앤더슨에게 자리를 내어줘야 할 괜찮은 유망주로만 여겼다.

"오스틴, 뭐 하나 물어봐도 돼?"

"뭔데?"

"내가 말야. 여기서…… 오래 버티려면 얼마나 더 잘 던져야 해?"

"왜? 이제 슬슬 욕심이 생겨?"

"묻는 말에나 대답해 줘."

"글쎄. 일단 네가 이 자리에 계속 머무를 수 있는 경우의 수부터 따져야 하지 않을까?"

"경우의 수?"

"그래, 지금 다저스의 불펜진을 봐. 너하고 리베라토레 빼고는 전부 우완 투수라고. 이유가 뭔 줄 알아?"

"그야…… 선발진이 전부 좌완뿐이니까."

"그래, 확실히 선발 중 네 명이 좌완이니까 그 영향이 없진 않겠지. 하지만 진짜 이유는 쓸 만한 좌완 불펜 투수가 부족해서야."

오스틴 번은 즉석에서 세 명의 좌완 불펜 투수를 거론했다.

그랜드 데이튼, G.P. 하웰, 그리고 부상으로 내려간 브랙 앤더슨.

이 셋 중에 그나마 괜찮은 활약을 펼쳐 준 건 브랙 앤더슨뿐이었다.

작년 불펜진에 적잖게 힘을 보탰던 그랜드 데이튼은 올 시즌 스프링 캠프 경쟁에서 탈락해 마이너 리그에서 시즌을 시작하고 있었다.

박건호에 앞서 한 차례 콜업이 됐지만 세 경기 연속 난타를 맞고 다시 오클라호마시티로 내려간 상태였다.

시범 경기에서 박건호 못지않은 활약을 펼친 83년생 G.P. 하웰은 그랜드 데이튼을 대신해 개막전 25인 로스터에 합류했다. 하지만 거기까지였다.

지난 시즌 평균 자책점 4점대를 돌파한 게 일시적인 현상이 아니라는 걸 증명하듯 부지런히 평균 자책점을 높여 가더니 결국에는 사타구니 부상으로 브랙 앤더슨보다 일주일 앞서 15일짜리 DL에 올라간 상태였다.

"일단 하웰은 시간이 좀 걸릴 거야. 부상 부위가 민감한 곳이니까. 게다가 가급적이면 밸런스를 되찾아 오려고 하겠지. 다음 주에 복귀하고 싶다고 해도 구단이 승낙할 것 같지도 않고 말이야."

"그랜드 데이튼은?"

"데이튼은 다시 승격할 가능성이 높아. 솔직히 브랙 앤더슨이 부상당했다고 했을 때 다들 그랜드 데이튼을 떠올렸으니까."

"그럼 내 경쟁 상대는 그랜드 데이튼이란 말이야?"

"아니지. 엇비슷한 처지에 있는 그랜드 데이튼 이겨서 뭐가 달라지겠어?"

"……?"

"메이저 리그 불펜에 순서가 있다면 넌 제일 마지막이라고. 7번째 불펜 투수. 유일한 좌완이기 때문에 특별대우를 받으려면 최소 5번째 불펜 투수는 되어야 한다고."

현재 다저스의 불펜진은 마무리 투수 켈리 젠슨과 셋업맨 조 브랜튼을 중심으로 움직이고 있었다.

이외에 경험 많은 루이 콜맨과 첫 번째 좌완 불펜 옵션인 애드 리베라토레까지는 입지가 확고한 편이었다.

박건호가 그나마 넘볼 수 있는 상대라면 페드로 바이즈와 크리스 아처 정도였다.

최고 100mile/h의 빠른 공을 던지지만 제구가 불안한 페드로 바이즈는 벌써 세 번이나 불을 지른 상태였다. 잔부상에 시달려 온 크리스 아처도 작년부터 밸런스가 무너졌다는 평가를 받고 있었다.

구위와 관록으로 버티고는 있지만 박건호가 조금만 더 좋은 모습을 보여준다면 페드로 바이즈나 크리스 아처를 밀어낼 가능성도 충분해 보였다.

만약 그게 가능해진다면 지금처럼 마이너 리그 소모품 취급을 받는 일도 줄어들 터였다.

"일단 남은 홈 시리즈를 잘 치러야 해. 오늘 등판한다면 내일은 휴식이 주어질 테니까 앞으로 3번은 더 등판할 수도 있어."

"그래, 알았어."

"그렇게 홈팬들의 눈도장을 확실히 받아놓으면 일단 가능성은 생겨. 구단도 누군가를 콜업하고 누군가를 마이너 리그로 내릴 때마다 여론을 살피거든. 그때 적잖은 팬이 네 이름을 거론한다면 구단에서도 널 함부로 대하진 못하겠지."

오스틴 번은 박건호가 시범 경기 정도로만 던져 줘도 구단을 충분히 골치 아프게 만들 수 있다고 여겼다. 하지만 박건호의 시선은 오스틴 번의 생각보다 더 높은 곳을 향해 있었다.

'오늘부터 세 경기다. 최대한 얻어맞지 말자. 어떻게든 이 악물고 던져서 버티자.'

박건호가 빠득 이를 갈았다. 세 경기를 전부 무실점으로 버틸 수 있을지는 확신하기 어렵지만 적어도 오늘 경기만큼은 좋은 모습을 이어가고 싶었다.

7

다저스 스타디움에서 열린 다저스와 카디널스 간의 2차전은 6회까지 팽팽한 투수전 양상으로 진행되었다.

지난 시즌 강제 2선발 노릇을 했던 다저스 선발 마에다 케이타는 카디널스 강타선을 상대로 6이닝 동안 단 두 점만 내줬다. 피안타를 9개나 얻어맞긴 했지만 특유의 위기관리 능력을 뽐내며 실점을 최소화했다.

5선발로 이번 시즌을 시작하게 된 카디널스의 베테랑, 하이스 가르시아 역시 마찬가지로 6이닝을 2실점으로 버텼다. 피안타는 6개. 90mile/h(≒144.8km/h) 전후로 형성되는 포심 패스트볼과 싱커, 커터 조합에 다저스 타자들이 좀처럼 타이밍을 맞춰 내지 못하고 있었다.

"투수 바꿔."

2사 2루 찬스에서 야스마니 그린이 유격수 땅볼로 물러나자 데빈 로버츠 감독이 결단을 내렸다. 그러자 밥 그린 벤치코치가 당혹스러운 표정을 지었다.

"한 이닝 더 끌고 가도 괜찮지 않을까요? 아직 마에다 케이타의 투구 수는 90구를 넘지 않았습니다만……."

"안타를 몇 개나 얻어맞았는지 안 보여? 그리고 이제 경기 후반이야. 여기서 점수를 내주면 오늘 경기도 어려워진다고."

데빈 로버츠 감독이 단호하게 말했다. 올해도 슬레이트 커쇼에 이어 강제 2선발 역할을 떠안고 있는 상황이지만 마에다 케이타의 자존심을 살려주겠다고 경기를 망칠 수는 없는 노릇이었다.

9개의 피안타를 떠나 상황 자체가 좋지 않았다. 7회부터는 다시 1번 타자 맥 카펜터를 상대하게 된다. 앞선 세 타석에서 맥 카펜터는 두 차례 출루했다. 그리고 두 번 모두 홈을 밟았다.

몰아치기에 능한 맥 카펜터가 구속과 구위가 떨어진 마에다 케이타를 그냥 두고 보지는 않을 터. 만에 하나 정말로 세 번째 출루에 성공하게 된다면 다저스에는 비상이 걸릴 수밖에 없었다.

"케이타한테는 잘 던졌다고 말해줘."

“알겠습니다.”

“그리고 투수는…… 건을 올려. 포수도 오스틴으로 바꾸고.”

“네, 감독님.”

밥 그린 벤치 코치가 데빈 로버츠 감독을 대신해 직접 불펜에 전화를 걸었다. 그리고 잠시 후.

-와우, 백넘버 55! 건이 올라오네요.

-코리안 키즈가 오늘은 또 어떤 투구를 보여줄지 벌써부터 기대가 되네요.

다저스 중계진의 호들갑스러운 소개 멘트를 즐기며 박건호가 천천히 마운드 위로 걸어 올라왔다.

-건이 누구인지 잘 모르는 분들을 위해 간단하게 소개해 주시죠?

-하하. 98년생이고요. 한국에서 온 좌완 투수입니다.

-한국이면 류현신의 나라죠?

-그 전에 박찬오와 최희석이 다저스에서 활약했죠.

-시범 경기에서도 제법 좋은 공을 던졌는데요. 아쉽게 오클라호마시티로 내려가고 말았습니다.

–아무래도 작년 겨울에 계약한 어린 선수니까요. 조금 더 경험을 쌓아야 했겠죠.

–그런데 샌드 쿠팩스를 만났어요.

–소개해 달라고 하면서 릭이 전부 말해버리는군요.

–아, 그랬나요? 그럼 지금부터 입을 꾹 다물고 있겠습니다. 그러니까 자세한 설명 부탁해요, 매리.

–나 참, 일단 건은 95mile/h 전후의 빠른 포심 패스트볼을 던집니다. 그리고 제법 괜찮은 슬라이더와 평균 수준의 체인지업을 구사합니다.

–커브 이야기가 빠졌는데요.

–솔직히 커브는 그렇게까지 위력적으로 보이지는 않습니다. 샌드 쿠팩스에게 조금 더 배워야 할 것 같은 느낌이에요.

–그래도 지난 경기에서는 커브가 위력적이었잖아요?

–그건 오스틴 번의 리드가 좋았기 때문이라고 생각합니다. 어제 경기만 생각하고 오늘 커브를 함부로 던졌다간 큰 낭패를 보게 될지도 모릅니다.

다저스 중계진이 신나게 떠들어 대는 사이 박건호도 연습투구를 모두 마쳤다.

박건호가 상대해야 할 첫 타자는 맥 카펜터.

내셔널 리그 최고의 리드오프 중 한 명으로 꼽히는 선수였다.

–오늘 맥 카펜터. 컨디션이 좋습니다.

–첫 번째 타석과 세 번째 타석에서 안타를 기록했습니다. 특히나 세 번째 타석 때 밀어쳐서 좌익선상에 떨어지는 2루타를 만들어냈죠.

–맥 카펜터가 좌완 투수에 약하긴 하지만 건, 조심해야 합니다. 너무 성급한 승부는 위험해요.

대결이 시작되자 다저스 중계진이 목소리를 낮췄다. 웅성거리던 관중도 언제 그랬냐는 듯 입을 다물었다.

고요함 속에 수만 쌍의 시선이 마운드로 향했다. 그리고 박건호의 시선은 맥 카펜터를 지나 오스틴 번의 가랑이 쪽으로 움직였다.

'하나쯤은 지켜보겠지.'

오스틴 번은 초구에 바깥쪽을 파고드는 포심 패스트볼을 요구했다. 맥 카펜터도 설마하니 초구부터 스트라이크를 던질 거라 예상하지는 못할 터. 그 허를 찔러 볼카운트를 유리하게 끌고 가자는 계산이었다.

물론 그렇다고 해서 스트라이크존을 대놓고 통과하는 공은 위험했다. 바깥쪽 끝에 아슬아슬하게 걸치는 공이 들어와야

만 맥 카펜터를 곤욕스럽게 만들 수 있었다.

사인을 확인한 박건호가 이내 고개를 끄덕였다. 결코 쉽지 않은 주문이었지만 이 공을 던져 내면 오늘 경기도 잘 풀어낼 수 있다는 확신이 들었다.

"후우……."

길게 숨을 내쉰 뒤 박건호가 힘차게 투수판을 박찼다.

팟!

손가락 끝에 로진 가루가 비산했다. 그 속에서 제대로 회전이 걸린 공이 오스틴 번의 미트를 향해 날아갔다. 그런데.

따악!

하나쯤은 지켜볼 거라 여겼던 맥 카펜터가 기다렸다는 듯이 방망이를 내돌렸다. 다행히도 라이너성으로 날아가던 타구가 마지막 순간에 3루 측 파울라인을 살짝 벗어나긴 했지만 지켜보는 이들의 가슴은 철렁 내려앉을 수밖에 없었다.

—정말 아슬아슬하게 벗어났네요.

—맥 카펜터가 조금만 앞에서 공을 때렸다면 라인을 따라 흐르는 장타로 이어졌을 겁니다.

—건, 조금 더 집중해야 합니다.

—어제 경기에서 잘 던졌다는 사실은 머릿속에서 지워야 해요. 맥 카펜터는 들뜬 마음으로 상대할 만한 타자가 아닙니다.

다저스 중계진이 기다렸다는 듯이 쓴소리를 쏟아냈다. 그 소리를 듣기라도 한 듯 오스틴 번이 제 탓이라며 가슴을 두드렸다.

'처음부터 빠른 공을 노리고 있었다 이 말이지?'

오스틴 번은 정신을 바짝 차렸다. 그러고는 한참을 고민하다 2구째 몸 쪽 높은 커브를 요구했다.

맥 카펜터가 걸러도 좋고 때려도 상관없었다. 포심 패스트볼에 타이밍을 맞추고 있는 맥 카펜터를 흐트러뜨리려면 브레이킹볼 하나가 들어와 줘야 했다.

"후우……."

박건호는 이번에도 주억거렸다. 조금이라도 삐끗한다면 맥 카펜터의 얼굴을 맞힐지도 모르는 코스였지만 지금은 이것저것 따질 상황이 아니었다.

'던질 수 있다. 던질 수 있어.'

스스로 자신감을 불어넣은 뒤 박건호가 힘차게 공을 내던졌다.

후앗!

박건호의 손끝을 빠져나간 공이 맥 카펜터의 몸 쪽으로 붙어 들었다. 그러자 맥 카펜터가 움찔 놀라며 뒷걸음질을 쳤다. 박건호의 손에서 공이 빠진 거라고 판단한 것이다.

그러나 정작 공은 맥 카펜터의 얼굴 근처에서 포구가 됐다.

"뭐 하자는 거야?"

맥 카펜터가 매서운 눈으로 오스틴 번을 노려봤다. 고작 두 번째 메이저 리그에 두 번째 등판한 박건호가 자의적으로 위협구를 던지지는 않았을 터. 분명 오스틴 번의 사인이 나왔을 거라 확신했다.

"손에서 빠진 거야. 커브잖아."

오스틴 번은 시치미를 뚝 잡아뗐다. 몸 쪽 높은 코스에 비교적 약한 모습을 보이는 맥 카펜터를 자극하기 위해 일부러 하나 붙여봤다고 고백할 수는 없는 노릇이었다.

"빌어먹을."

질근 입술을 깨물던 맥 카펜터가 반 발자국 정도 뒤로 물러났다. 오스틴 번이 또다시 몸 쪽 높은 코스를 노린다면 보란 듯이 받아쳐 줄 생각이었다.

하지만 오스틴 번은 생각 이상으로 맥 카펜터의 움직임을 꼼꼼하게 살피고 있었다.

'조금이지만 뒤로 빠졌어. 그렇다면……!'

오스틴 번이 조심스럽게 손가락을 움직였다.

첫 번째는 손가락 세 개.

두 번째도 손가락 세 개.

세 번째는 새끼손가락 하나.

'바깥쪽으로 아슬아슬하게 빠져나가는 슬라이더란 말

이지.'

사인을 확인한 박건호가 머릿속으로 공의 궤적을 그렸다.

맥 카펜터가 조금 뒤로 물러났다고 해서 대놓고 유인구를 던져 봐야 속아줄 것 같지 않았다. 오히려 오른손 타자를 상대로 몸 쪽 꽉 찬 스트라이크를 집어넣겠다는 느낌으로 던지는 편이 나을 것 같았다.

'좋아.'

박건호는 좌타석에 들어선 맥 카펜터의 존재를 머릿속에서 지워 버렸다. 대신 오른손 타석에 스티브 피스코티가 방망이를 들고 있다고 상상했다.

스티브 피스코티의 몸 쪽으로 깊숙한 슬라이더.

후앗!

생각을 정리한 박건호가 빠르게 공을 내던졌다.

'바깥쪽 포심!'

새하얀 공이 바깥쪽으로 도망치듯 날아들자 맥 카펜터가 반사적으로 방망이를 내밀었다. 초구에 이어 3구째 또다시 포심 패스트볼이 들어왔다고 판단한 것이다.

하지만 마지막 순간에 꺾여 나간 공은 맥 카펜터의 스윙 궤적을 그대로 벗어나 버렸다.

퍼엉!

빠져나가는 공을 스트라이크존 안쪽으로 밀어 넣으며 오스틴 번이 구심의 판정을 기다렸다.

"볼!"

구심은 스트라이크가 아니라고 말했다. 코스 자체는 아슬아슬했지만 오스틴 번의 프레이밍이 과했다고 느낀 것이다.

그러나 오스틴 번은 당황하지 않았다. 그럴 줄 알았다며 곧장 미트로 3루심을 가리켰다.

3루심은 기다렸다는 듯이 주먹을 들어 올렸다. 맥 카펜터의 방망이 헤더가 돌았다고 판단을 내린 것이다.

"젠장할."

맥 카펜터가 짜증을 내뱉었다. 유인구라는 생각에 분명 방망이를 멈춰 세웠는데 스윙이라니. 이렇게 되면 계산이 꼬일 수밖에 없었다.

'몸 쪽은 유인구야. 승부는 바깥쪽으로 걸겠지.'

잠시 타석을 벗어났던 맥 카펜터가 이내 주억거렸다.

2구째 보여준 위협구가 정말로 박건호의 손에서 빠진 공이라면 박건호는 몸 쪽 공에 대한 부담을 갖고 있는 게 틀림없었다. 그렇다면 몸 쪽은 버려도 상관없을 것 같았다.

분명 4구, 혹은 5구째 몸 쪽으로 공 하나를 붙여 넣으려 하겠지만 걸러내기만 한다면 불리해진 볼카운트에서 벗어날 수 있었다.

'커브는 절대 아니야. 포심 타이밍에 맞추고 나머지는 걷어

내자고.'

타석에 들어선 맥 카펜터의 시선이 바깥쪽 코스로 움직였다. 그 순간.

맥 카펜터에게 여유를 주지 않겠다는 듯 박건호가 곧바로 투구 자세에 들어갔다.

후앗!

박건호의 손끝을 빠져나간 공이 곧장 맥 카펜터의 몸 쪽을 파고들었다.

'하이 패스트볼!'

공의 궤적을 확인한 맥 카펜터는 다급히 방망이를 움직였다. 아니, 움직이려 했다. 하지만 공은 맥 카펜터의 방망이보다 한참 먼저 홈 플레이트를 지나 오스틴 번의 미트 속에 파묻혔다.

"스트라이크, 아웃!"

구심의 요란한 콜 소리와 함께 첫 번째 아웃 카운트가 만들어졌다.

—건! 건! 대단합니다. 맥 카펜터를 상대로 삼진을 잡아냅니다!

—오늘도 깔끔한 출발인데요. 느낌이 좋습니다.

—투 스트라이크 원 볼 상황에서 맥 카펜터의 몸 쪽에 찔러

넣은 포심 패스트볼이 일품이었습니다.

—지금 느린 화면이 다시 나오는데……. 와우, 이건 거의 솟구치듯 날아들었네요.

—라이징 패스트볼인가요?

—하하, 세상에 라이징 패스트볼은 없겠지만 이 하이 패스트볼은 확실히 위력적입니다. 시범 경기 때 몇 번 언급하긴 했지만 건만의 확실한 무기가 될 수 있겠어요.

다저스 중계진은 몇 번이고 맥 카펜터의 삼진 장면을 돌려봤다. 오늘 경기에서 앞장서서 다저스를 괴롭혀 온 맥 카펜터의 기를 꺾어버렸으니 신이 난 것이다.

덕분에 박건호가 2번 타자 지니 페렐타에게 초구 안타를 얻어맞는 모습을 놓치고 말았다.

—아……. 잠깐 사이에 무슨 일이 벌어진 건가요?

—지니 페렐타가 1루에 나가 있네요.

—몸에 맞은 공은 아닌 거 같고 안타인가요? 그렇네요. 안타를 맞았네요.

—하하. 건, 정말 우리를 들었다 놨다 하네요. 까다로운 타자 맥 카펜터를 잘 잡아놓고 저런 밋밋한 커브라니요. 장타가 아닌 게 다행스러울 정도입니다.

올 시즌부터 다저스의 해설자로 합류한 매리 헤어스톤이 쓴소리를 내뱉었다. 커브를 주의해야 한다고 그렇게 말했는데 초구부터 행잉성 커브를 던지다니. 앞서 칭찬했던 말을 전부 취소하고 싶은 심정이었다.

그러나 불만스럽게 굳어졌던 매리 헤어스톤의 표정은 또다시 급반전을 맞이했다.

따악!

원 스트라이크 원 볼 상황에서 3번 타자 알레미스 디아즈가 때린 타구가 유격수 정면으로 굴러가 버렸기 때문이다.

–코일 시거! 엔리 에르난데스에게. 엔리 에르난데스! 다시 1루로!

–환상적이네요. 하하, 건. 지난 경기에 이어 이번 경기에서도 또다시 더블플레이를 만들어냈습니다.

–보면 볼수록 정말 재미있는 투수입니다. 앞선 타석에서 커브를 얻어맞았다면 겁이 나서라도 커브 사인을 거절했을 텐데요.

–이번 커브는 괜찮았습니다. 무브먼트는 큰 차이가 없지만 코스가 좋았죠.

–코스가 좋았단 말이죠?

–네, 초구 포심 패스트볼과 2구째 들어온 체인지업이 대담

하게 알레미스 디아즈의 몸 쪽을 파고들었죠. 하지만 알레미스 디아즈는 방망이를 내밀지 않았습니다.

–바깥쪽 코스를 노리고 있었다는 이야기죠?

–그렇죠. 그런데 초구와 2구로 몸 쪽에 시선을 돌려놓고 3구째 백도어성 커브가 들어왔어요. 그걸 알레미스 디아즈가 참아내지 못했습니다.

–어쨌든 건, 오늘 경기까지 메이저 리그 무실점 행진을 이어갑니다.

"좋았어!"

"잘했어, 건!"

동료들의 환호를 받으며 박건호는 들뜬 얼굴로 벤치에 앉았다. 그러자 릭 허니컴 투수 코치가 수건을 내밀며 물었다.

"건, 컨디션은 어때?"

"네, 괜찮은 거 같아요."

"한 이닝 더 던질 수 있겠어?"

"물론이죠."

"그래, 그럼 준비하고 있으라고."

릭 허니컴 코치가 박건호의 어깨를 두드렸다. 지금까지 박건호의 투구 수는 8개. 어제 데뷔전을 치르긴 했지만 한 이닝 정도는 더 던질 수 있다고 판단했다.

박건호도 오스틴 번과 붙어 앉아 다음 이닝에 대한 연구를 시작했다. 하지만 정작 데빈 로버츠 감독은 8회가 시작되자 투수 교체를 지시했다. 다저스가 7회 말 추가점을 올리며 경기를 뒤집어놓았기 때문이다.

3 대 2. 한 점 차의 리드를 지켜야 하는 상황이라면 신예 박건호보다 경험 많은 불펜 투수를 올리는 게 당연한 수순이었다.

그러나 그 결과가 좋지 못했다. 박건호에 이어 마운드에 오른 셋업맨 조 브랜튼이 6번 타자 야디에르 모리나에게 동점 홈런을 얻어맞아 버린 것이다.

3 대 2의 점수가 3 대 3이 되면서 분위기는 다시 카디널스 쪽으로 기울었다. 다저스 타자들이 어떻게든 분위기를 되찾아오려 안간힘을 썼지만 경기는 결국 4 대 3, 카디널스의 한 점 차 승리로 끝이 났다.

"젠장, 이게 뭐야?"

불펜 구석에 앉아 경기를 지켜보던 박건호가 헛웃음을 흘렸다. 야구 전문가들이 다저스의 뒷심 부족을 지적할 때도 그러려니 했었는데 막상 그 모습을 두 눈으로 지켜보니 그저 한숨만 나왔다.

그런 줄도 모르고 다저스 기자들은 박건호를 둘러싸고 질문을 퍼부었다.

"건! 어제에 이어 오늘도 좋은 투구를 선보였는데 기분이 어때요?"

"오스틴 번과 호흡이 잘 맞는 것 같은데 본인 생각은 어떤가요?"

"오늘 커브 때문에 애를 먹은 거 같은데요."

"이번 시즌 개인적인 목표가 있다면 어떤 게 있을 까요?"

다저스 기자들은 떠오르는 신인 투수 박건호가 연패의 충격에 빠진 팬들을 위로해 줄 거라 여겼다.

하지만 아직 다저스에서 제대로 입지조차 잡지 못한 박건호에게 능숙한 대답을 기대한다는 것 자체가 무리수였다.

"오늘 경기에 패했어요. 슬픕니다."

쏟아지는 플래시 세례 속에서 박건호가 짧게 말했다. 마음 같아서는 더 길고 장황하게 자신의 아쉬움을 전하고 싶었지만 당황하면 사고 회로가 멈춰 버리니 어쩔 수가 없었다.

다행히도 대다수 다저스 기자는 박건호의 짧은 영어를 기분 좋게 받아들였다. 오히려 통역이 없는 상황에서 기자들의 질문에 겁먹지 않고 대답했다는 걸 높이 평가하는 이들도 있었다.

하지만 가십거리에 목마른 일부 기자는 박건호의 태도를 걸고 넘어졌다.

"뭐야, 저 녀석?"

"말투가 상당히 기분 나쁜데?"

"그렇지? 나만 그렇게 느낀 게 아니지?"

그날 저녁 몇몇 LA 지역 신문에서 박건호의 인터뷰 내용을 꼬집는 듯한 기사가 실려 나왔다. 박건호가 불을 지른 다저스 불펜 투수들을 대놓고 비난했다며 노골적으로 분란을 일으키려 들었다.

ㄴ이 건방진 아시아 녀석이 지금 뭐라고 떠드는 거야? 벌써부터 동료들을 탓하는 거야?

ㄴ설마 그랬겠어? 그냥 팀이 졌으니까 한 말이겠지.

ㄴ아니, 내가 이 동영상을 몇 번 돌려봤는데 솔직히 기분 나쁘다고.

ㄴ이건 건이 잘못했어. 영어에 서툴다면 통역을 대동했어야지. 그 늘씬한 미녀 통역사는 어디에 팔아먹은 거야?

ㄴ이봐, 아시아 꼬맹이! 내가 경고하는데 잘 들어. 고작 두 경기 잘 던졌다고 뭐라도 되는 것처럼 까불지 말라고! 알았어?

성질 급한 다저스 팬들은 곧장 불만을 토로했다. 중립적인 성향의 팬들도 신인으로서 박건호의 인터뷰 태도가 경솔했다며 아쉬움을 드러냈다.

물론 몇몇 팬은 박건호가 신인답게 제 할 말을 한 것뿐이라며 두둔하기도 했다.

실제 젊거나 개인주의적인 성격이 강한 선수들이 팀과 동료들을 비난하는 경우가 없지 않으니 박건호를 나무랄 일은 아니라는 것이었다.

하지만 박건호가 아직 다른 누군가를 비난할 만한 자격을 갖추지 못했다는 의견이 더 많았다. 카디널스전에서 두 경기 잘 던진 걸로 자이언츠와 지구 선두 다툼을 하고 있는 동료들을 깎아내릴 수는 없다는 것이었다.

팬들의 분위기가 심상치 않자 제리 맥기 부단장이 구단 차원에서 해명할 필요가 있다고 건의했다. 그러나 파렐 자이디 단장은 고개를 저었다.

"제리, 애들 같은 소리 하지 마. 이런 불만은 실력으로 해결해야 해."

파렐 자이디 단장은 박건호가 극성팬들의 등쌀에 조만간 무너질 거라고 여겼다. 그래서 직원에게 컵스와의 홈 3연전이 끝날 때쯤 박건호를 내려 보낼 준비를 하라고 지시를 내려놓았다.

그러나 정작 컵스와의 홈 3연전이 끝이 났을 때 박건호에 대한 팬들의 반응은 180도 달라져 있었다.

19장

코리안 건(1)

1

–건! 건! 삼진입니다! 반 조브리스트에 이어 메디슨 러셀까지 삼진으로 돌려세웁니다.

–아, 정말 대단한 피칭입니다. 1사 2루 상황에서 마운드에 올라와서 컵스의 5번 타자와 6번 타자를 연속 삼진으로 잡아내 버렸어요.

–카메라가 지금 슬레이트 커쇼를 잡고 있는데요. 환하게 웃으며 건에게 주먹을 내밀고 있습니다.

–하하. 그럴 수밖에 없죠. 만약에 건이 여기서 실점했다면 오늘 슬레이트 커쇼의 승리도 날아갔을 테니까요.

—아직 8회와 9회, 두 차례 공격이 남아 있긴 합니다만 컵스가 오늘 경기를 뒤집기란 쉽지 않아 보이는데요.

—다저스의 뒷문은 확실히 견고하니까요. 컵스의 타순을 감안했을 때 다저스가 위닝 시리즈를 가져갈 가능성이 조금 더 높아 보입니다.

다저스의 에이스 슬레이튼 커쇼와 컵스의 에이스 제이슨 아리에타가 맞붙은 양 팀 간 6차전은 포스트 시즌을 방불케 할 만큼 열기가 뜨거웠다.

슬레이튼 커쇼는 컵스에게 갚을 게 많았다. 지난해 챔피언십 시리즈 6차전에서 패전의 멍에를 쓰며 월드 시리즈 티켓을 컵스에 내주고 말았으니 명예 회복이 절실할 수밖에 없었다.

제이슨 아리에타 역시 다저스에 약하다는 오명을 씻어야 했다.

지난해 챔피언십 시리즈 3차전에서 패전 투수가 된 데 이어 4월에 있었던 홈 3연전 마지막 경기에서도 패배를 기록했다.(다저스 상대 선발 알렉스 우든) 슬레이튼 커쇼와 맞붙는 이번 경기까지 패배한다면 에이스로서의 자존심이 무너질 수 있었다.

메이저 리그 최고 선발 투수들답게 경기 초반은 팽팽한 투수전 양상으로 진행됐다.

5회까지 0 대 0. 피안타는 슬레이튼 커쇼가 2개, 제이슨 아리에타가 3개였지만 서로 약속이나 한 것처럼 스코어링 포지션에 주자가 들어가는 것 자체를 허용하지 않았다.

그 팽팽하던 0의 균형이 깨진 건 6회 말. 2사 이후 3번 타자 코일 시거가 행운의 내야 안타로 출루하면서부터였다.

"젠장할!"

아웃이라 생각했던 유격수 땅볼이 코일 시거의 빠른 발 때문에 안타로 변하자 제이슨 아리에타는 흥분을 감추지 못했다.

반쯤 더그아웃으로 몸을 돌렸다가 다저스 홈팬들의 야유를 받으며 다시 마운드에 올라와야 했으니 기분이 좋을 리 없었다.

그 감정들이 제이슨 아리에타를 들뜨게 만들고 낮게 잘 제구되던 포심 패스트볼마저 들뜨게 만들었다. 그 결과 4번 타자 에이든 곤잘레스에게 선제 투런 홈런을 얻어맞고 말았다.

다저스가 점수를 뽑아내자 컵스도 가만있지 않았다. 어렵사리 승리투수 여건을 갖춘 슬레이튼 커쇼를 상대로 3번 타자 크린 브라이언트와 4번 타자 앤서니 라조가 연속 2루타를 때려내며 경기 분위기를 뜨겁게 달궈 놓았다.

스코어 2 대 1.

1사 주자 2루.

안타 하나면 동점이 될 수 있는 상황에서 데빈 로버츠 감독은 슬레이트 커쇼의 손에서 억지로 공을 빼앗아 들었다.

투구 수가 100구를 넘어간 상태에서 장타력을 갖춘 반 조브리스트-메디슨 러셀을 상대하는 건 위험하다고 판단을 내린 것이다.

슬레이트 커쇼가 어쩔 수 없이 마운드를 내려가자 다저스 팬들의 시선이 모두 불펜 문으로 향했다. 그리고 잠시 후, 문이 열리고 덩치 큰 한국 선수가 걸어 나오자 관중들의 희비가 엇갈렸다.

"미쳤어? 미친 거야? 지금 이 상황에서 저 애송이를 올리면 어쩌자는 거야?"

"무슨 헛소리를 하는 거야? 어제 경기에서 건이 실점 위기 상황을 틀어막은 거 몰라?"

"시끄럽고 오늘 경기 패배하기만 해봐! 가만 안 있을 거야!"

"닥치고 조용히 해! 건이 모든 걸 바꿔놓을 테니까."

박건호가 반 조브리스트를 상대로 초구 스트라이크를 잡기 전까지 관중들의 분위기는 거의 5 대 5로 갈려 있었다.

박건호의 건방진 인터뷰 때문에 반감을 갖는 이도 적지 않았지만 그보다는 에이스인 슬레이트 커쇼의 승리를 날려먹을까 봐 불안해하는 이가 훨씬 더 많았다.

하지만 그것도 잠시.

"그렇지!"

"바로 그거야!"

"건! 거어어어언!

볼카운트 투 스트라이크 원 볼에서 박건호가 내던진 바깥쪽 하이 패스트볼에 반 조브리스트의 방망이가 헛돌자 관중들은 언제 그랬냐는 듯 박건호에게 함성을 내질렀다.

그리고 박건호가 커브로 타이밍을 빼앗은 뒤 메디슨 러셀의 몸 쪽 깊숙이 포심 패스트볼을 꽂아 넣어 두 번째 삼진을 잡아내자 관중들은 너 나 할 것 없이 전부 자리에서 일어나 기립박수를 쳤다.

"건! 잘했어. 정말 잘 던졌어!"

선발로 나섰던 슬레이튼 커쇼도 박건호에게 직접 다가와 고마움을 전했다. 하지만 팬들과 영웅의 환대보다 박건호를 기분 좋게 만든 변화는 따로 있었다.

"건, 오늘 끝나고 뭐 해?"

"끝나고? 오스틴과 같이 밥 먹기로 했는데. 왜요?"

"오스틴하고 너무 붙어 다니는 거 아니야? 이거 서운한데?"

오스틴 번이 타석에 들어선 틈을 노려 야스마니 그린이 박건호에게 접근했다. 그러고는 박건호의 공에 대해 이것저것 물어보기 시작했다.

"그린, 저 자식이!"

괜히 불안해진 오스틴 번이 급한 마음에 방망이를 내돌렸다. 그런데.

따악!

하필이면 방망이 중심에 걸린 타구가 3유간을 꿰뚫어버렸다.

그사이 야스마니 그린은 박건호의 통역인 레이첼까지 호출했다.

"어제 슬라이더와 오늘 슬라이더가 무슨 소리예요?"

"그러니까 어제 슬라이더는 횡적인 변화가 조금 더 좋았는데 오늘 슬라이더는 횡적인 변화보다 종적인 움직임이 눈에 띄었다고 하는데요? 그 차이를 건도 알고 있는지, 혹시 무브먼트의 변화를 컨트롤할 수 있는지 물어봤어요."

"아, 그래요? 오스틴은 별 이야기 없었는데."

"크게 중요한 건 아니지만 그래도 무브먼트에 따라서 포구가 달라지니까 알고 싶다고 하네요."

야스마니 그린은 평소 박건호에 대해 궁금했던 걸 몰아서 질문했다. 그 모습이 어찌나 집요해 보이던지 오스틴 번이 짜증을 낼 정도였다.

"이봐, 그린. 건하고 이야기 끝났으면 비켜줄래? 거기 내 자리거든?"

"벤치에 자리가 어디 있다고 그래?"

“이거 왜 이래? 불펜 포수의 자리는 이쪽이라고 한 말 기억 안 나?”

“하하. 오스틴, 그냥 농담 한 번 한 거잖아.”

“너한테는 농담일지 몰라도 나는 아니었거든? 그러니까 잔말 말고 네 자리로 돌아가라고!”

“그래, 알았으니까 흥분 좀 가라앉혀. 그리고 건, 조만간 식사 함께 하는 거 괜찮지? 네 에이전트에게 이야기하면 되는 거야?”

“그린!”

“알았다니까. 거참 되게 까다롭게 구네.”

야스마니 그린이 웃는 얼굴로 자신의 자리로 돌아갔다. 하지만 오스틴 번은 도저히 웃을 수가 없었다.

“저 녀석이 뭐라고 떠든 거야?”

“그냥, 내 공에 대해서 물어보던데?”

“뭐? 네 공? 젠장. 저 자식이!”

“그런데 오스틴, 여기서 이러고 있어도 되는 거야?”

“……?”

“수비 안 나가? 지금 다들 널 보고 있다고.”

“아, 젠장할.”

오스틴 번은 서둘러 포수 장비를 착용했다. 그러고는 박건호에게 단단히 으름장을 놓았다.

"건, 친구로서 하는 말인데 저 녀석하고 친하게 지내지 않는 게 좋아. 저 녀석, 겉과 속이 다른 녀석이라고."

"그래, 알았어. 알았으니까 빨리 나가!"

오스틴 번은 포수석으로 가는 동안에도 야스마니 그린과 박건호를 몇 번이고 힐끔거렸다. 하지만 야스마니 그린도 더 이상 오스틴 번을 도발하지 않았다.

"하아, 이게 무슨 일인지 모르겠네요."

다시 혼자가 된 박건호가 길게 한숨을 내쉬었다. 그러자 레이첼이 피식 웃으며 말을 받았다.

"왜요? 불안해요?"

"불안하다기 보다는 좀 기분이 묘해요."

"묘한 것치고는 기분 좋아 보이는데요?"

"그래요?"

"네, 그리고 전 기분 좋은 일이라고 생각해요. 지금까지 눈길조차 주지 않던 주전 포수가 건에게 먼저 다가온 거잖아요."

"아……."

"왜요? 내가 무슨 중요한 이야기라도 한 거예요?"

"아뇨, 저 자식이 지금까지 나한테 눈길조차 주지 않았다는 걸 잠깐 까먹고 있었어요."

박건호가 굳은 눈으로 야스마니 그린을 바라봤다. 그러자 야스마니 그린이 씩 웃더니 가볍게 윙크를 해 보였다.

'겉과 속이 다른 녀석.'

박건호는 오스틴 번이 남기고 간 말을 곱씹었다. 야스마니 그린을 고작 그 한마디로 단정 지을 수는 없겠지만 주전과 비주전의 선을 긋고 대하는 것만큼은 사실인 것 같았다.

'어쨌든 야스마니 그린이 잘 지내보자고 할 정도면 당분간은 메이저 리그에서 버틸 수 있는 거겠지?'

박건호가 슬그머니 벤치 의자에 등을 기댔다. 마음을 편히 먹으니 자연스럽게 몸도 편해지려 들었다.

그러는 동안 컵스의 8회 초 공격이 끝이 났다.

"건, 불펜에서 봤어. 패스트볼 좋던데?"

7번부터 시작된 하위 타순을 삼자 범퇴로 돌려세운 셋업맨 조 브랜튼이 박건호에게 다가와 주먹을 내밀었다.

"브랜튼이야말로 공이 무시무시하던데요? 오스틴 미트에 구멍이 뚫리는 줄 알았어요."

박건호도 과장을 섞어가며 조 브랜튼을 치켜세워 줬다. 그러자 조 브랜튼이 껄껄 웃으며 말했다.

"건, 오늘처럼만 해. 네가 앞에서 잘 막아줘야 나와 젠슨도 좀 편할 테니까."

박건호의 어깨를 가볍게 두드린 뒤 조 브랜튼이 빈자리에 주저앉았다. 그리고 박건호의 옆자리는 언제나처럼 오스틴 번이 차지했다.

"브랜튼이 한 말이 무슨 소리야?"

"몰라서 묻는 거야, 아니면 확인하고 싶은 거야?"

"둘 다."

"나 참. 그야 뻔한 거잖아. 네가 7회의 셋업맨이 되어주길 바란다는 거지."

"7회의 셋업맨?"

"그래, 지금 다저스 선발진 중에 7이닝 이상을 너끈하게 소화해 줄 수 있는 투수는 슬레이트 커쇼뿐이잖아. 나머지 투수는 오래 던져야 6이닝 정도라고. 그럼 7회가 비잖아."

"그래서 나더러 7회를 책임져 달라, 이 말이야?"

"그래, 그리고 그만큼 네 실력을 인정한다는 말이기도 하고."

오스틴 번이 옆에 풀어놓았던 포수 장비를 다시 착용하기 시작했다. 잠깐 이야기하는 사이 두 개의 붉은색 램프에 불이 들어와 있었다.

"오늘 저녁 약속 잊지 않았지?"

"그래."

"남은 이야기는 갔다 와서 하자고."

오스틴 번이 미트를 힘껏 두드렸다. 그리고 켈리 젠슨과 호흡을 맞춰 세 개의 아웃 카운트를 깔끔하게 잡아내고 경기를 끝마쳤다.

그렇게 다저스와 컵스의 6차전은 2 대 1로 다저스가 가져갔다. 오늘 승리로 다저스는 홈 3연전을 위닝 시리즈로 마무리 지을 수 있었다. 아울러 컵스와의 시즌 전적도 균형을 맞추게 됐다.(3승 3패)

경기가 끝나고 파렐 자이디 단장의 주재 속에 회의가 열렸다. 카디널스-브루어스로 이어지는 원정 7연전에 앞서 로스터 조정을 하기 위해서였다.

"건은 이제 제 자리로 돌려보내는 게 좋겠는데……."

회의 시작과 동시에 파렐 자이디 단장은 가장 먼저 박건호의 이야기부터 꺼냈다.

예상 밖의 호투를 거듭하고 있는 박건호를 이대로 메이저 리그에 남겨둬서는 안 될 것 같은 불안함을 참지 못한 것이다.

"본래 건은 브랙 앤더슨을 대신해 잠깐 메이저 리그에 올라온 거니까요. 최근에 로스 스트리플이 좋다고 하니 둘을 맞바꾸는 것도 괜찮을 것 같습니다."

파렐 자이디 단장의 최측근인 조시 테일러가 눈치껏 말을 받았다. 그러면서 기대와 관심을 아끼지 않았던 야디에르 알베스를 대신해 로스 스트리플을 언급했다.

작년 선발과 계투를 오가며 좋은 활약을 펼쳤던 로스 스트리플이라면 박건호를 대신해 메이저 리그로 올릴 만하다고 생각한 것이다.

하지만 그 주장에 동의하는 건 오직 파렐 자이디 단장뿐이었다.

“로스 스트리플에게 다시 한번 기회를 주는 건 찬성입니다. 하지만 건을 마이너 리그로 내리는 건 아니죠.”

“제 생각도 같습니다. 건은 4경기 동안 단 한 점도 실점하지 않았어요. 오히려 세 차례의 위기 상황을 전부 틀어막아 줬죠. 슬레이튼 커쇼는 물론이고 조 브랜튼도 건의 활약을 칭찬하고 있습니다. 그런데 갑자기 건을 마이너 리그로 돌려보내자고요? 그런 말도 안 되는 결정을 누가 존중해 줄까요?”

직원들은 하나같이 반대 목소리를 냈다. 회의에 동석한 스카우터들조차도 씁쓸한 미소를 지을 뿐이었다.

“일단 다른 불펜 투수의 성적부터 확인해 보자고요.”

제리 맥기 부단장이 씩 웃으며 입을 열었다. 정말로 로스 스트리플을 올릴 거라면 불펜 투수 중 한 명은 마이너 리그나 DL에 가야 했다.

“일단 조 브랜튼과 켈리 젠슨은 예외겠죠? 이번 홈 10연전에서도 괜찮은 모습을 보여줬으니까요.”

“그야 당연하지. 부상이라도 당한다면 또 모르겠지만 말이야.”

“애드 리베라토레는 다섯 경기에 나와서 두 경기에서 실점을 했어요."

"루이 콜맨도 마찬가지예요. 여섯 경기 등판해 3실점이에요. 거기다 승계 주자들을 홈으로 불러들인 것도 두 번이에요."

"페드로 바이즈는 좋았네요. 다섯 경기에 나와서 1실점 했어요."

"크리스 아처는…… 좀 고민해 봐야 할 거 같아요. 여섯 경기 동안 고작 5이닝밖에 막아주지 못했어요. 실점도 4점이나 되고요."

"반면 건은…… 말할 필요가 없네요."

"카디널스전부터 합류해 4경기 동안 단 한 점도 내주지 않았으니까요."

"이렇게 되면 크리스 아처와 루이 콜맨 중 한 명을 놓고 고민해야 한다는 이야기인데요."

"흠……. 골치 아프게 됐네요."

홈 10연전 성적을 놓고 따지자 박건호는 아예 논외가 되어 버렸다.

박건호보다 심각한 투수가 수두룩한 상황에서 박건호를 마이너 리그로 보냈다간 당장 다저스 불펜이 타격을 입을 가능성이 높았다.

"크리스 아처의 몸 상태는 어때? 지난번에 보니까 공을 던질 때 조금 불편한 느낌이던데."

침묵을 지키던 파렐 자이디 단장이 슬쩍 끼어들었다. 그러자 조시 테일러가 냉큼 말을 받았다.

"본인은 큰 문제가 없다고는 하지만 아무래도 부상 전력이 있으니까요. 잠깐 쉬면서 부상 부위를 체크해 보는 것도 나쁠 것 같지 않습니다."

지난해 복사근 부상을 당한 이후 크리스 아처는 기복 있는 피칭을 반복하고 있었다. 좋을 때는 나무랄 데 없이 좋았지만 한번 얻어맞기 시작하면 한숨이 나올 정도로 무너졌다.

파렐 자이디 단장은 부진한 루이 콜맨보다는 한 살 많은 크리스 아처를 DL로 돌리는 게 낫다고 판단했다. 그리고 그 자리에 야디에르 알베스를 올리고픈 욕심을 드러냈다.

하지만 그 꼼수도 금세 저항에 부딪혔다.

"솔직히 메이저 리그 선수 중에 부상당하지 않은 선수가 누가 있겠습니까?"

"크리스 아처의 부진을 꼭 부상 여파로 몰고 갈 수는 없습니다. 불펜 투수 중 조 브랜튼 다음으로 나이가 많은데도 연투가 잦았습니다."

"크리스 아처와 로스 스트리플. 둘 중에 누가 더 불펜에 적합한지를 따진다면 크리스 아처의 손을 들어주고 싶습니다."

"아직 시즌 초반이에요. 건이 올라와서 힘을 보태주고 있으니 당분간 이대로 가는 것도 나쁘지 않을 것 같습니다."

파렐 자이디 단장은 속이 부글부글 끓었다. 박건호를 마이너 리그에 내리지도 못하고 야디에르 알베스를 메이저 리그에 올리지도 못하는 상황이 그저 짜증스럽기만 했다.

그렇다고 단장의 직권으로 로스터를 마음대로 조정할 수도 없는 노릇이었다.

"일단은…… 그렇게 하도록 하지."

파렐 자이디 단장은 마지못해 주억거렸다. 그렇다고 해서 박건호를 이대로 메이저 리그에 내버려 둘 생각은 눈곱만큼도 없었다.

"지금까지야 홈 경기였으니까 맘 편히 던질 수 있었겠지만 원정 경기는 쉽지 않을 거야."

파렐 자이디 단장은 박건호가 카디널스-브루어스로 이어지는 원정 7연전까지 무실점 호투를 이어가지는 못할 거라 단언했다.

그리고 그 예상대로 박건호는 카디널스와의 경기에서 메이저 리그 첫 실점을 기록했다.

6회 1사 1, 2루 상황에 마운드에 올라 스캇 카이저가 남겨놓은 승계 주자를 깔끔하게 처리한 것까지는 좋았다. 하지만 7회 1사 이후 연속 안타(안타-2루타)를 허용하며 한 점을 내주고 말았다.

–건, 메이저 리그 데뷔 이후 첫 번째 실점을 기록합니다.

–야디에르 모리나에게 너무 성급하게 승부를 걸었다는 생각이 드네요.

–앞서 제이드 기오코에게도 유리한 볼카운트에서 안타를 허용했는데요.

–건에 대한 분석이 어느 정도 이루어졌다고 봐야겠죠.

다행히도 경기는 다저스의 7 대 4 승리로 끝이 났다. 덕분에 팀의 3번째 실점을 했던 박건호의 아쉬운 피칭도 승리의 기쁨에 묻혀 기분 좋게 넘어가 버렸다.

하지만 정작 박건호는 아쉬운 마음에 밤잠을 이루지 못했다.

5경기 등판해 7과 1/3이닝 동안 1실점을 했다.

평균 자책점은 1.23

피안타 4개. 사사구 2개. 탈삼진은 무려 7개였다.

여전히 0점대 WHIP(0.82)를 기록 중에 있지만 박건호는 마음이 놓이질 않았다. 이번 원정 7연전을 통해 정말로 와르르 무너지는 것은 아닐까 겁이 났다.

그러나 오스틴 번은 고작 그 정도로 앓는 소리 하지 말라며 따끔하게 말했다.

"뭐야? 표정이 왜 이래? 어제 잠 못 잔 거야?"

"후우……. 말 시키지 마."

"너도 참 이럴 때 보면 애 같다니까. 고작 한 점이잖아. 홈런을 맞은 것도 아니고 조시가 수비 위치를 좀 잘못 잡아서 2루타가 된 것뿐이라고. 그런 걸 마음에 두고 있으면 어쩌자는 거야?"

"그게 말처럼 쉽냐?"

"뭐가 어려운데? 나는 처음으로 패스드볼을 기록했을 때 스테이크를 세 접시나 먹었다고. 맛있는 음식을 먹고 찝찝한 기분을 다 잊어버렸어. 그다음에 공을 빠뜨렸을 때도 대수롭지 않게 넘겼어."

"그래, 너 잘났다."

"그러니까 훌훌 털어내. 잊어버려. 네가 그토록 동경하는 슬레이튼 커쇼도 안타를 맞고 점수를 내준다고. 그게 당연한 거야."

오스틴 번의 위로는 반쯤 먹혔다. 그리고 나머지 절반의 위로를 박건호는 제 힘으로 얻어냈다.

7회 말, 2사 주자 3루 상황에서 마에다 케이타를 대신해 마운드에 오른 박건호는 3번 타자 알레미스 디아즈를 유격수 땅볼로 돌려세우고 이닝을 마쳤다.

포심 패스트볼이 말을 듣지 않아 원 스트라이크 쓰리 볼까지 몰렸지만 커브를 과감하게 몸 쪽에 붙여 넣은 게 다행히 좋은 결과로 이어진 것이다.

"잘 던졌어, 건!"

마운드 위에서 땀을 한 바가지 쏟아냈던 마에다 케이타가 가장 먼저 다가와 박건호에게 주먹을 내밀었다.

"뭐, 이 정도쯤이야."

박건호가 괜히 어깨를 으쓱거렸다. 철없는 생각인지는 몰라도 마에다 케이타 앞에서는 약한 모습을 보이고 싶지 않았다.

"좋아! 건!"

"정말 잘했어!"

동료 선수들의 환대를 즐기며 박건호가 더그아웃 구석 쪽으로 걸음을 옮기려 했다. 그러자 릭 허니컴 투수 코치가 냉큼 박건호의 팔을 잡았다.

"건, 왜 이렇게 멀리 떨어져 앉는 거야? 조금 더 선수들과 어울리라고."

릭 허니컴 코치는 박건호를 알렉스 우든의 옆 자리에 앉혔다. 같은 젊은 좌완끼리 잘해보라는 의미에서였다.

그러나 알렉스 우든은 박건호와 사이좋게 앉아서 잡담을 나눌 생각이 전혀 없었다.

"젠장할!"

마치 들으라는 듯 알렉스 우든이 욕지거리를 내뱉으며 자리에서 일어났다. 그러고는 그대로 더그아웃 안쪽으로 들어가 버렸다.

"지금 저한테 욕한 거 맞죠?"

자연스럽게 박건호의 눈매가 굳어졌다. 그러자 릭 허니컴 코치가 냉큼 박건호를 달랬다.

"이런, 내가 괜한 짓을 한 것 같아. 미안해, 건."

"아니에요. 코치님이 사과하실 일은 아니죠."

"우든을 이해해 줘. 이제 곧 류현신이 올라온다니까 신경이 쓰여서 저러는 거야."

"류현신 선배가 올라온다고요?"

갑작스런 류현신의 등장에 박건호의 표정이 달라졌다. 박건호가 다저스를 동경해 온 또 다른 이유 중에 류현신의 존재도 포함되어 있었다.

"언제 올라오는데요?"

"다음 주쯤에 올라올 거야. 그리고 늦지 않게 복귀전을 치르겠지."

"레즈전이겠죠?"

"본래 예정은 그랬는데…… 아마 내셔널스전이 될 것 같아."

"내셔널스전이요? 그렇게 빨리요?"

다저스 내부적으로는 류현신이 메이저 리그에 올라오면 스캇 카이저를 대체할 거란 이야기가 많았다.

하지만 정작 류현신의 복귀전은 스캇 카이저가 내정된 레즈전이 아니라 훌리오 유레아스-알렉스 우든-슬레이튼 커쇼로 이어지는 내셔널스전으로 잡혀 있었다.

내셔널스와의 3연전 이후 하루의 이동일 겸 휴식일이 주어진다는 걸 감안했을 때 슬레이튼 커쇼에게 휴식을 주기 위해 류현신을 내세울 가능성은 없었다.

그렇다면 4선발인 훌리오 유레아스와 5선발 알렉스 우든, 둘 중에 한 명은 류현신에게 기회를 주기 위해 한 차례 등판을 거를 수밖에 없었다.

'둘 중 하나라면 당연히 알렉스 우든이겠지.'

박건호가 속으로 주억거렸다. 냉정하게 놓고 봤을 때 3점대 초반의 안정적인 평균 자책점으로 맹활약 중인 훌리오 유레아스보다는 5월 내내 단 1승도 올리지 못한 알렉스 우든이 방을 뺄 가능성이 높아 보였다.

'그렇다고 나한테 짜증을 내는 건 좀 오버 아냐? 내가 류현신 선배도 아니고 말이야.'

박건호는 찝찝한 기분을 털어내듯 다시 마운드에 올랐다. 그러고는 이를 악물고 공을 던져 스티브 피스코티-제이드 기오코-야디에르 모리나를 삼자범퇴로 돌려세웠다.

특히나 어제 경기에서 안타를 얻어맞았던 제이드 기오코

와 야디에르 모리나에게 연속 삼진을 잡아낸 장면은 압권이었다.

—건! 건! 삼진입니다! 야디에르 모리나를 포심 패스트볼로 잡아냅니다!

—바깥쪽 높은 하이 패스트볼에 야디에르 모리나가 홀리듯 방망이를 휘둘러 버렸습니다.

—전광판에 96mile/h(≒154.5km/h)이 찍혔는데요.

—건의 구속이 투구 폼 교정 전 수준으로 돌아가고 있는 것 같습니다.

이틀 연속 등판으로 하루를 쉰 뒤 박건호는 카디널스와의 4연전 마지막 경기에 호출을 받았다.

"건! 준비해!"

6회 말. 2사 주자 1, 3루 상황.

스코어는 5 대 4.

안타 하나면 한 점 차 리드가 날아가는 위기 상황에서 마운드에 오르게 된 것이다.

20장
코리안 건(2)

5회부터 몸을 풀고 있던 박건호는 느긋하게 발걸음을 옮겼다.

그런데 마운드에 서서 자신을 반겨주던 오스틴 번이 보이지 않았다. 오스틴 번을 대신해 야스마니 그린이 릭 허니컴 코치와 뭔가 열심히 이야기를 나누고 있었다.

"응? 포수는 안 바뀌나요?"

박건호가 레이첼을 바라보며 물었다. 그러자 레이첼이 나직한 목소리로 대답했다.

"건, 이번에는 그린과 호흡을 맞춰야 할 거 같아요."

"그게 무슨 소리예요?"

"다음 이닝 때 그린의 타석이 남아 있어서요. 지금 당장 교체는 곤란한 것 같아요."

"그래요?"

박건호는 대수롭지 않게 주억거렸다. 이제 경기는 6회였다. 게다가 전체적으로 난타전 양상을 띠고 있었다. 이런 상황에서 지난 시즌 팀에서 가장 많은 홈런을 때린 야스마니 그린을 빼기란 쉽지 않을 것 같았다.

'아웃 카운트 하나 남았으니까 뭐 어떻게든 되겠지.'

야스마니 그린도 박건호에게 무리한 요구는 하지 않았다. 알레미스 디아즈가 좌투수에 약한 데다가 클러치 능력이 떨어지는 만큼(지난 시즌 0.205) 주자가 없다고 생각하고 편히 던지라고 조언했다.

"그래, 알았어."

박건호도 오스틴 번처럼 까다롭지 않은 야스마니 그린이 마음에 들었다. 불펜에서 몇 차례 호흡을 맞춰본 게 전부이긴 했지만 다저스의 주전 포수인 만큼 사인대로 던지기만 하면 된다고 여겼다.

그런데 뜻하지 않은 사고가 터져 버렸다.

원 스트라이크 원 볼 상황에서 박건호가 몸 쪽 깊숙이 던진 슬라이더를 야스마니 그린이 놓치고 만 것이다.

"이런!"

야스마니 그린이 백네트 쪽으로 빠진 공을 찾아 나선 사이

3루 주자 랜들 그리척이 여유롭게 홈을 밟았다.

박건호가 재빨리 홈 커버에 들어갔지만 소용없었다. 야스마니 그린이 공을 손에 쥐었을 때는 1루 주자 맥 카펜터가 2루를 지나 3루를 노리던 상황이었다.

"그린! 3루!"

박건호가 다급히 3루를 가리켰다. 야스마니 그린도 더 이상의 진루는 허락하지 않겠다며 3루를 향해 빠르게 공을 내던졌다.

하지만 송구가 솟구치면서 맥 카펜터가 아슬아슬하게 살아 들어갔다. 그렇게 2사 주자 1, 3루가 2사 주자 3루로 바뀌었다.

"젠장할! 대체 뭘 하는 거야!"

경기를 지켜보던 선발 투수 알렉스 우든이 수건을 내던졌다. 그러고는 분을 참지 못하고 또다시 더그아웃 안으로 들어가 버렸다.

"뭐야? 대체 무슨 일이 벌어진 거야?"

"와일드 피치야 패스트볼이야?"

"이건 와일드 피치 같은데?"

"내 저럴 줄 알았어. 건이 사고 한 번 칠 줄 알았다고."

"아직 결과가 나오지 않았다고!"

"나오나 안 나오나 뻔한 거 아냐? 설마 그린이 공을 놓쳤겠어?"

부스 스타디움 구석에서 숨죽여 응원하던 다저스 팬들도 박건호의 실수로 점수를 내준 거라 여겼다.

폭투, 혹은 사인 미스. 어느 쪽이든 노련한 야스마니 그린의 잘못은 없을 것이라고 생각했다.

"건, 오늘은 여기까지만 던지는 게 좋겠어."

릭 허니컴 투수 코치가 마운드에 올라와 박건호의 손에서 공을 빼 들었다. 징계성 투수 교체는 아니지만 이런 분위기에서 박건호가 아무렇지도 않게 공을 던지지는 못할 거라고 판단했다.

"후우……. 알겠어요."

박건호도 무겁게 한숨을 내쉬며 마운드를 내려갔다. 그렇게 박건호의 메이저 리그 데뷔 첫 번째 블론 세이브가 기록됐다.

2

박건호에 이어 마운드에 오른 크리스 아처가 스티브 피스코티에게 적시타를 허용하며 점수는 6 대 5로 뒤집혔다.

하지만 그것도 잠시. 7회 초 야스마니 그린의 투런포가 터지며 경기는 7 대 6, 다저스의 재역전승으로 끝이 났다.

수많은 언론이 야스마니 그린을 영웅으로 치켜세웠다. 야스마니 그린이 없었다면 오늘 경기 승리는 있을 수 없었다며 극찬을 쏟아냈다.

반면 박건호에 대해서는 아쉬운 평들이 주를 이루었다.

[……6회 2사 이후 알렉스 우든을 구원 등판한 박건호는 와일드 피치를 기록하며 시즌 첫 블론 세이브를 기록했다.]

[6회 박건호가 알레미스 디아즈를 상대로 성급하게 몸 쪽 승부를 걸다 와일드 피치가 나오며 팀을 곤란하게 만들었지만…….]

[그러나 오늘 다저스의 불펜 운용은 좋지 않았다. 특히 6회 2사 이후 마운드에 오른 박건호는 와일드 피치로 동점을 허용하였고…….]

그 어떤 기사에서도 박건호를 두둔하지 않았다.

하지만 다저스 TV의 심야 방송에서 전문가들이 박건호의 와일드 피치 상황을 지적하면서 분위기가 달라졌다.

"이 장면이 어째서 건의 와일드 피치로 기록된 거죠?"

"내가 정말 하고 싶었던 이야기를 먼저 꺼내줘서 정말 고마

워요. 저도 같은 생각입니다. 이건 기록원들이 건이 루키라는 이유로 페널티를 주는 거나 다름없어요."

"모르는 분들을 위해 하나씩 살펴보죠. 야스마니 그린은 분명 몸 쪽 공 사인을 냈어요. 그리고 구종은 슬라이더가 맞을 겁니다. 앞서 알렉스 우든의 몸 쪽 슬라이더를 요구할 때도 비슷한 사인이었으니까요."

"다시 말해 이건 사인 미스가 아니라는 거죠. 그렇다면 둘 중 하나입니다. 건의 슬라이더의 무브먼트가 너무 좋아서 야스마니 그린이 놓쳤든지, 아니면 야스마니 그린이 불필요한 프레이밍을 시도하다가 공을 빠뜨렸든지. 어느 쪽이든 이건 야스마니 그린의 실수입니다. 건의 실수가 아니에요."

"저는 둘 다라고 생각해요. 원 스트라이크 원 볼 상황에서 몸 쪽을 파고드는 슬라이더가 스트라이크 궤적을 그리며 날아들었으니 야스마니 그린도 조급해졌을 겁니다. 알레미스 디아즈가 공을 건드려 줬다면 좋았겠지만 지켜만 봤으니까요. 이대로 공이 빠져나가면 원 스트라이크 투 볼이 될 테고 그건 박건호에게 더 큰 부담이 될 거라고 판단했겠죠. 그래서 프레이밍을 시도했던 건데 문제는 박건호의 슬라이더 무브먼트가 야스마니 그린이 생각한 것보다 훨씬 좋았다는 점입니다."

전문가들의 질타 속에 문제의 영상이 대형 화면 위로 떠올랐다. 전문가들은 해당 영상을 스무 번 가까이 반복해서 되짚으며 박건호의 잘못이 아니라는 점을 명확하게 밝혔다.

"건은 억울하게 블론 세이브를 기록했어요. 팬들과 언론에게 욕을 먹을 이유가 전혀 없습니다."

"다저스 벤치의 실수도 빼먹을 수 없죠. 알아보니 건이 야스마니 그린과 호흡을 맞춘 게 이번이 처음이라고 합니다. 시범 경기 때도 같이 경기에 투입된 적이 없었죠. 불펜에서 몇 번 공을 받은 걸로는 제아무리 야스마니 그린이라 해도 박건호의 공을 완벽하게 포구하는 데 한계가 있을 수밖에 없습니다."

전문가들은 이번 일로 백발백중을 자랑하는 코리안 건에 문제가 생겨서는 안 된다고 신신당부를 했다. 만에 하나 박건호가 이대로 흔들린다면 다저스 불펜은 다시 과부하에 걸리게 될 것이라고 경고했다.

원정 경기 해설자였던 모렐 허샤이저도 다음 날 경기에서 박건호의 와일드 피치 장면을 되짚으며 박건호의 기 살리기에 나섰다.

–어제 경기는 사실 이 장면보다 다른 장면에 신경에 더 팔렸었죠.

–3루에서 맥 카펜터의 세이프 판정 여부를 따져야 했으니

까요.

–하지만 어제 일어난 사고들이 건의 잘못만은 아니라는 점을 분명히 밝히고 싶네요.

–건의 잘못만은 아니라는 이야기는 건에게도 잘못이 있다는 이야기 같은데 그게 무엇인가요?

–다저스의 불펜 투수로 확실히 자리를 잡았다면 미리미리 야스마니 그린과 호흡을 맞췄어야 하는데 그 대처가 부족했죠.

–하긴. 이제는 다저스의 핵심 불펜 투수니까요.

–지금이라도 늦지 않았어요, 건. 자신의 위치를 파악하고 조금 더 능동적으로 선수들과 어울릴 필요가 있을 것 같습니다.

이틀 뒤. 브루어스와의 원정 2차전에서 스캇 카이저가 흔들리자 벤치에서 연락이 왔다.

"건! 빨리 몸을 풀어야 할 거 같은데 가능하겠어?"

불펜 코치 조시 브레드가 난처한 얼굴로 말했다. 예전 같았으면 일방적으로 통보를 했겠지만 박건호의 위상이 예전과 다르다 보니 아무래도 태도 자체가 조심스럽게 변해 있었다.

"오늘 저는 세 번째 투수 아니었어요?"

박건호가 고개를 갸웃거렸다. 오늘은 선발 스캇 카이저에

이어 페드로 바이즈가 던지기로 되어 있었다.

지난 경기에서 혼쭐이 난 박건호를 위해 이번에는 주자가 없는 새로운 이닝 초반에 박건호를 투입하기로 결정이 난 것이다.

하지만 데빈 로버츠 감독의 선택은 박건호였다. 페드로 바이즈보다는 박건호가 필요하다고 판단을 내린 것이다.

"상황이 좋지 않아. 브론 앞에서 주자 2, 3루 상황이라고."

"아웃 카운트는요?"

"투 아웃."

"제가 브론을 상대하는 건 아니죠?"

박건호가 살짝 당황한 표정을 지었다. 3번 타자 라이어 브론은 브루어스의 간판타자 중 한 명이다. 게다가 좌타자를 상대로 강했다.

제아무리 무서울 게 없는 루키라 하더라도 2사 주자 2, 3루 상황에서 라이어 브론을 상대하고 싶진 않았다.

그러자 조시 브레드 코치가 피식 웃음을 흘렸다.

"브론은 아마 어렵게 승부해서 거를 거야. 건은 크리스티 카터를 맡아야 해."

"그나마 다행이네요."

크리스티 카터는 지난 시즌 브루어스에서 가장 많은 홈런(41개)과 타점(94개)을 기록했다. 하지만 타율이 형편없었다.

0.222

통산 타율이 0.218이니 말 다 한 셈이었다.

올 시즌에도 크리스티 카터는 1할대 후반의 타율에서 허덕였다. 어쩌다 2할을 넘길라 치면 다음 경기를 시원하게 말아먹으며 귀신같이 멘도사 라인을 유지하는 중이었다.

하지만 그렇다고 해서 크리스티 카터를 만만하게 볼 수는 없었다. 타율보다 1할 가까이 높은 출루율과 0.250을 넘는 어마어마한 순장타율로 브루어스의 4번 자리를 꿰차고 있었다.

그나마 다행인 건 어제 크리스티 카터가 2개의 안타를 몰아쳤다는 점이다.

"서둘러 줘. 시간을 끄는 것도 한계가 있으니까."

"알았어요."

박건호는 불펜 포수 조나단과 부지런히 몸을 풀었다. 그리고 잠시 후 열린 불펜 문을 통해 그라운드로 천천히 걸어 나갔다.

5 대 2로 앞서고 있는 상황이라서 일까.

"오스틴이잖아?"

포수가 야스마니 그린에서 오스틴 번으로 교체가 되어 있었다.

하지만 정작 박건호와 오스틴 번은 재회의 기쁨을 나누지 못했다. 마운드에서 내려가지 않고 주변을 배회하던 스캇 카이저가 박건호를 낚아채 버렸기 때문이다.

"건! 건! 제발 부탁이니까 막아줘."

"거, 걱정 마요. 카이저. 최선을 다할게요."

"최선을 다한다는 말로는 부족해. 제발 약속해 줘. 막는다고, 막아준다고."

스캇 카이저가 평소답지 않게 떼를 썼다. 5회를 1실점으로 잘 막아놓고 6회에 연속 안타를 허용하며 2사 만루를 자초했으니 불안해하는 것도 무리는 아니었다.

게다가 오늘 경기는 마크 윌리엄 구단주가 직접 관람하고 있었다. 트레이드 마감 전에 어떻게든 정리해야 한다는 언론의 혹평이 쏟아지는 상황에서 오늘 경기까지 망쳤다간 더는 선발 자리를 유지하기 어려워질지도 몰랐다.

"알았어요. 내가 꼭 막을게요. 그러니까 걱정 말고 내려가요."

박건호는 일단 스캇 카이저를 안심시켰다. 스캇 카이저의 부탁을 떠나 마운드에 올라온 이상 안타를 얻어맞고 싶은 생각은 눈곱만큼도 없었다.

"그래, 고마워. 건, 너만 믿는다."

스캇 카이저가 박건호의 손을 꼭 움켜쥐었다. 그러고는 홀가분한 얼굴로 마운드를 내려갔다.

–지금 대체 무슨 일이 일어난 거죠?

–처음에는 스캇 카이저와 건이 언쟁을 하는 것처럼 보였는데 마지막 행동을 보아하니 스캇 카이저가 건에게 뭔가를 부탁한 것 같네요.

–부탁이요?

–이번 이닝을 잘 막아 달라는 부탁이겠죠. 투 아웃 이후이긴 하지만 만루 상황에서 4번 타자인 크리스티 카터 타석이니 스캇 카이저도 불안했던 모양입니다.

다저스의 원정 시리즈 해설을 담당하고 있는 모렐 허샤이저가 쓴웃음을 지었다.

세계 최고의 리그에서 뛴다는 자부심으로 똘똘 뭉친 메이저 리그에서 선발 투수가 불펜 투수에게 저렇게 사정하는 모습은 결코 흔치 않은 일이었다.

만약 스캇 카이저가 궁지에 몰리지만 않았더라도 이제 막 메이저 리그로 올라온 신인 투수에게 매달리는 일은 없었을 것이다.

'그나저나 건이 부담을 갖지 않아야 할 텐데…….'

모렐 허샤이저가 걱정스런 눈으로 연습 투구에 들어간 박건호를 내려다봤다.

잔소리 심한 샌드 쿠팩스 옆에서 버텼으니 멘탈 트레이닝은 충분히 됐겠지만 아무래도 지난 카디널스전의 여파가 신경 쓰일 수밖에 없었다.

하지만 정작 박건호는 공 4개만으로 크리스티 카터를 삼진으로 돌려세워 버렸다. 초구에 바깥쪽 꽉 찬 스트라이크를 집어넣은 뒤 2구째 백도어성 커브를 던져 파울을 유도해 내면서 볼카운트를 유리하게 끌고 간 게 주효했다.

크리스티 카터도 3구째 몸 쪽 슬라이더를 잡아당겨 큼지막한 파울 타구를 만들어냈지만 4구째 바깥쪽 높게 들어오는 하이 패스트볼에 당하고 말았다.

그 공이 어찌나 빠르고 날카롭던지 헛스윙을 하고 만 크리스티 카터가 혀를 내두를 정도였다.

-와우! 와우! 삼진입니다! 건이 지난 경기의 아쉬움을 완벽하게 씻어냅니다!

-정말 좋은 공을 던졌네요. 일전에도 말씀드렸지만 건의 하이 패스트볼은 상당히 좋습니다. 라이징 패스트볼처럼 떠오르는 듯한 느낌이 들 만큼 무브먼트가 훌륭하죠.

-전광판 구속이 무려 97mile/h(≒156.1km/h)입니다. 크리스티 카터도 완전히 당했다는 표정이에요.

-저와 함께 스텝을 교정하면서 포심 패스트볼 구속이 다소 줄어들어서 걱정이었는데 이제 슬슬 본래 구속을 회복해 가

는 것 같아서 다행입니다.

다저스 중계진의 극찬을 들은 것일까. 박건호는 7회에도 마운드에 올라와 세 타자를 깔끔하게 요리했다.

5번 타자 에르난도 페레즈를 유격수 땅볼로 유도한 6번 타자 커그 뉴웬하이크와 7번 타자 조나단 루크레이를 중견수 플라이로 잡아냈다.

"건! 고생했어. 이것 좀 마시라고."

박건호가 더그아웃에 들어가자 아이싱을 마치고 나온 스캇 카이저가 웃으며 이온 음료를 내밀었다.

"뭘 이런 걸 다."

박건호는 사양하지 않았다. 그렇지 않아도 루키라 이온 음료를 꺼내다 마시는 것도 눈치 보였는데 스캇 카이저 덕분에 마음 편히 경기를 즐길 수 있을 것 같았다.

그러자 오스틴 번이 옆에 주저앉으며 말했다.

"건, 기분 좋은 건 알겠는데 너무 티내진 마."

"왜 또 시비야? 내가 뭐 잘못 던졌어?"

"그게 아니라 알렉스 우든이 널 죽일 듯이 노려보고 있다고."

"뭐?"

박건호가 냉큼 알렉스 우든 쪽으로 눈을 돌리려 했다. 하지만 그 사이를 가로막은 오스틴 번이 그럴 필요 없다며 눈치를 줬다.

"젠장."

"네가 참아. 그리고 이해하고 싶지 않더라도 이해해 줘. 그게 어려우면 아예 무시하든가."

"내가 왜 그래야 하는데?"

"건, 누구든 벼랑 끝에 몰리면 신경이 날카로워질 수밖에 없는 법이야. 아마 당장 그런 일이 일어나진 않겠지만 나중에 네가 갑작스럽게 부상을 당하거나 혹은 기량이 떨어져서 다른 누군가에게 밀리게 된다면 어떨 거 같아? 아마 너라고 해서 별반 다르진 않을 거야."

류현신의 콜업이 확정된 가운데 당장 누군가는 선발 자리를 비워줘야 했다.

파렐 자이디 단장은 아직 확정된 게 아니라고 말했지만 들리는 소문으로는 스캇 카이저와 알렉스 우든, 둘 중에 한 명이 방을 뺄 가능성이 높았다.

이런 가운데 스캇 카이저가 두 경기 연속 호투를 펼치며 살아나 버렸다. 물론 투구 내용까지 100퍼센트 만족스러운 건 아니지만 시즌 초반에 비하면 다저스가 원하던 2선발의 모습에 가까워지고 있었다.

반면 기대를 모았던 알렉스 우든은 여전히 부진했다. 지난 카디널스 원정 경기에서도 6실점을 기록했다.

비록 박건호를 비롯한 불펜진의 방화로 실점이 늘어났다고는 하지만 루상에 주자를 남겨둔 건 다름 아닌 알렉스 우든이었다.

"현신 선배가 올라오면 누가 내려가야 할까?"

"그야 당연히 알렉스 우든이지. 스캇 카이저는 이래저래 걸려 있는 게 많다고."

"그 정도야?"

"메이저 리그에서만 12년을 버텼는데 구단 마음대로 되겠어? 모르긴 몰라도 스캇 카이저를 선발에서 빼려면 아마 다른 팀에 팔아야 할걸?"

"그게 가능한 일이야?"

"물론 지금 당장은 힘들지. 스캇 카이저를 대체할 수 있는 선발 투수가 있는 것도 아니니까. 부상 경력도 있고 전성기가 지났다고는 하지만 오늘처럼 종종 괜찮은 피칭을 선보이기도 하거든. 하지만 장기적으로 봤을 때는 스캇 카이저의 기량이 더 떨어지기 전에 팔아 치우고 싶을 거야. 우리 사장이 그런 쪽으로는 아주 전문가잖아."

오스틴 번이 슬그머니 앤디 프리드먼 사장을 끌어들였다. 다만 말하는 표정을 보니 앤디 프리드먼 사장에게 썩 호감이 있는 건 아닌 것 같았다.

"그런데 류현신은 어때? 다시 선발진에 합류할 수 있는 거야?"

"그야 나도 모르지."

"몰라? 왜? 너 류현신과 같은 나라 사람 아니었어?"

"같은 나라 사람이긴 하지만 노는 물이 다르다고."

"그게 무슨 소리야?"

"현신 선배는 한국 프로 무대를 경험했지만 나는 바로 미국으로 넘어왔잖아."

"아, 그러니까 건 네가 류현신보다 더 재능이 있다, 뭐 이런 이야기야?"

"아니, 아니! 그 반대라고 멍청아!"

박건호는 오스틴 번에게 자신과 류현신의 차이를 설명하려 애를 썼다. 하지만 흥분해서인지 좀처럼 단어가 떠오르질 않았다.

"젠장, 레이첼!"

"나 불렀어요?"

"이 녀석한테 말 좀 전해 줘요."

결국 통역사인 레이첼이 붙고서야 대화가 정리가 됐다. 하지만 오스틴 번은 여전히 이해가 가지 않는다는 표정이었다.

"건, 너는 고등학교를 졸업하고 바로 다저스에 합류했잖아. 반면 류현신은 한국 프로 구단에서 8년을 있다 왔고. 그럼 네가 더 대단한 거 아냐?"

오스틴 번의 논리는 간단했다. 류현신이 한국에서 얼마나 대단한 커리어를 쌓았는지는 몰라도 모든 건 메이저 리그를 기준으로 해야 한다는 것이었다.

"제 생각도 오스틴과 같아요. 건이 류현신 선수를 존경하는 건 알겠지만 스스로 비하할 필요는 없다고 생각해요."

설명을 하라고 부른 레이첼도 옆에서 한마디 거들었다. 덕분에 박건호의 머릿속만 뒤죽박죽으로 변해버렸다.

비록 DL 명단에 올라 있지만 류현신은 메이저 리그 5년 차 투수였다. 해마다 앤디 프리드먼 사장을 비롯해 다저스 운영진들이 류현신의 복귀를 한목소리로 기원할 정도로 인정받고 있었다.

반면 박건호는 이제 메이저 리그에 올라온 루키에 불과했다. 국내 성적은 예외로 두더라도 메이저 리그에서 류현신과 어깨를 나란히 하려면 최소 조 브랜튼을 제치고 셋업맨이 되거나 아니면 5선발 정도는 차지해야 할 것 같았다.

'5선발이라. 하아……. 지금은 꿈같은 이야기겠지.'

박건호가 나직이 한숨을 내쉬었다. 메이저 리그에 넘어올 때까지만 해도 박찬오, 류현신과 같은 선발 투수가 되길 바랐는데 현실은 그리 녹록치가 않았다.

더그아웃에서 지켜보는 메이저 리그 선발 투수들의 세계는 상상 그 이상이었다. 솔직히 지금 당장은 선발 자리를 내준다고 하더라도 던지고 싶지 않았다.

박건호는 스스로를 냉정하게 바라봤다. 올해는 이대로 시즌이 끝날 때까지 불펜에서 버티는 게 목표였다. 그리고 내년에는 25인 로스터에 들어 시즌을 무사히 완주하고 싶었다.

선발 투수에 도전하는 건 그다음에 해도 늦지 않았다.

'지금은 불펜에서 버티는 것도 버거워. 체력도 길러야 하고 구종도 늘려야 하고…….'

한참 동안 상상의 나래를 펼치던 박건호가 이내 고개를 흔들어 댔다. 지금 당장은 아무 짝에도 쓸모없는 상상이라고 선을 그었다. 그보다는 자신이 할 수 있는 일에 최선을 다해야 한다고 마음을 다잡았다.

그렇게 박건호는 불펜에서 제 역할을 다했다. 등판이 거듭될수록 피안타도 늘어나고 실점도 늘어났지만 기죽지 않고 꿋꿋하게 공을 던지려 노력했다.

데빈 로버츠 감독도 박빙의 상황에서도 기죽지 않는 박건호를 계속해서 중용해 나갔다. 그러자 언론과 전문가들도 데빈 로버츠 감독의 첫 번째 카드로 박건호를 꼽기 시작했다.

"건은 확실히 매력적인 투수입니다. 포심 패스트볼도 좋지만 슬라이더가 상당히 준수합니다. 제구도 좋고요. 특히나 샌드 쿠팩스에게 전수받은 그 커브가 기가 막힙니다. 무브먼트 자체만 놓고 보자면 좋은 점수를 주기 어렵지만 타자들이 전혀 예상하지 못하는 타이밍에 허를 찌르듯 들어와서 상황을 반전시켜 버리죠."

"확실히 젊어서 그런지는 몰라도 건은 체력이 좋아요. 연투를 해도 구속과 구위가 크게 떨어지지 않습니다. 게다가 겁이 없어요. 메이저 리그가 처음이다 보니 슈퍼스타들을 상대해도 이름값에 주눅 들지 않아요. 생전 처음 보는 타자를 상대하는 것처럼 공을 던져 댑니다. 그게 아직까지는 통하고 있어요."

"솔직히 브랙 앤더슨의 빈자리를 채워줄 수 있을까 걱정했는데 지금은 건이 없는 다저스 불펜을 상상하기 어려울 정도입니다. 슬레이튼 커쇼를 비롯한 다저스 선발 투수들도 건을 신뢰하고 있고요."

"이제 선발진만 확실히 자리를 잡아준다면 좋을 텐데 걱정입니다. 류현신이 아직 정상 컨디션은 아닌 것 같아서요."

내셔널스와의 홈 3연전을 시작으로 25인 로스터에 합류한 류현신의 메이저 리그 복귀전은 나쁘지 않았다.

내셔널스와의 두 번째 경기에 선발 등판해 5이닝 동안 6피안타 2사사구 3실점을 하며 승패 없이 물러났다.

노련한 경기 운영으로 실점 위기를 넘기는 모습은 긍정적이었지만 포심 패스트볼의 평균 구속이 88mile/h(≒141.6km/h)

에 그쳤다는 점이 언론과 팬들의 우려를 자아냈다.

"컨디션은 괜찮습니다. 계속해서 공을 던지다 보면 점점 더 좋아질 거라 생각합니다."

류현신은 실전 경험을 통해 구속과 구위를 올리겠다고 말했다. 경기를 거듭하다 보면 예전의 모습을 되찾을 수 있을 거라고 자신했다.

그러나 류현신이 인디언스 원정 경기에서 3이닝을 버티지 못하고 무너지면서 우려의 목소리는 점점 커져만 갔다.

"일단 내일 있을 레즈전이 관건입니다. 류현신이 레즈전에서 괜찮은 피칭을 보여준다면 좋겠지만 또다시 부진한 모습을 보여주면 다저스의 선발 로테이션 구상에 어려움이 생길지도 모릅니다."

"그 때문에 아직 한인의 날도 미정이죠. 일정상 다음 주에는 치러져야 할 텐데요."

다저스는 시즌 개막 전 한인의 날을 6월 중에 개최하겠다는 뜻을 밝혔다. 현재 남아 있는 다저스의 주말 홈경기가 로키스전뿐인 걸 감안했을 때 류현신이 레즈전에서도 무너진다면 6월 행사 자체가 무산될 가능성이 높았다.

"어쨌든 류현신을 다시 한번 믿어보는 수밖에 없습니다."

"인디언스전 부진은 단순히 밸런스의 문제라고 하니까요. 이번 레즈전을 지켜봐야겠죠."

전문가들은 류현신의 부활에 확신을 갖지 못했다. 다저스 팬들도 마찬가지였다.

지역 일간지의 조사에 따르면 류현신이 시즌 14승을 거둘 때처럼 다저스 선발진의 한 축을 담당해 줄 거라 기대하는 팬은 고작 30퍼센트에 불과했다.(잘 모르겠다는 답변이 20퍼센트, 부정적인 답변이 50퍼센트였다.)

"현신 선배님이 잘 던지셔야 할 텐데."

박건호는 류현신의 호투를 간절히 바랐다. 다른 걸 다 떠나서 같은 한국인으로서 류현신이 다시 코리안 메이저리거로 활약해 주길 기대했다.

그 바람이 통한 것인지 류현신은 6이닝 4피안타 1사사구 무실점 호투로 2017시즌 첫 승을 신고했다.

[기뻐하라! 류현신이 돌아왔다!]

[다저스, 류현신 앞세워 레즈 원정 위닝 시리즈!]

[류현신 호투로 다저스 지구 선두 눈앞! 자이언츠와 다시 2경기 차이!]

LA 언론들은 앞다투어 류현신의 호투를 보도했다. 아직 100퍼센트 컨디션은 아니지만 이대로만 던져 준다면 하위 선발에서 다저스의 포스트 시즌 진출에 큰 도움이 될 것이라며 극찬을 쏟아냈다.

그러나 정작 류현신의 복귀 프로젝트를 앞장서 추진했던 파렐 자이디 단장은 웃지 못했다. 아니, 웃을 수가 없었다.

"그러니까…… 또 부상이라고?"

"아직 확실한 건 알 수 없습니다. 정밀 검사를 받아봐야겠죠. 하지만 통증을 느끼는 부위가 좋지 않습니다."

"하아, 미치겠군."

파렐 자이디 단장이 이마를 짚었다. 류현신이 6회까지 잘 던져 줘서 당분간 선발 걱정은 하지 않아도 되겠다 싶었는데 또다시 류현신의 몸에 이상이 생겨 버린 것이다.

"얼마나 심각한 거야? 당장 DL에 올려야 하는 정도는 아니지?"

"일단 선수 본인은 그 정도까진 아니라고 합니다만……. 엘라트라 박사가 걱정하고 있습니다."

"엘라트라 박사가?"

엘라트라 박사는 류현신의 팔꿈치 수술을 직접 집도한 팀 닥터였다. 그가 걱정을 할 정도라면 선수 말만 믿고 있을 수가 없었다.

파렐 자이디 단장은 곧장 앤디 프리드먼 사장을 찾아갔다. 그리고 류현신의 부상 소식을 전했다.

"젠장! 대체 선수 관리를 어떻게 하는 거야? 류현신의 투구

수를 철저하게 관리하라고 이야기했잖아!"

앤디 프리드먼 사장이 곧장 분통을 터뜨렸다. 오늘 경기에서 70구 제한을 뒀는데도 불구하고 류현신은 73구를 던지고 마운드를 내려왔다. 비록 공 세 개 더 던진 거라고는 하지만 결과가 이렇다 보니 모든 게 현장의 관리 잘못으로 느껴졌다.

"류현신의 컨디션이 워낙 좋아서 조금 더 길게 끌고 갔던 것 같습니다."

파렐 자이디 단장이 애써 현장을 두둔했다. 류현신의 6회 등판을 허락한 장본인으로서 이 문제가 비화되어 봐야 자신에게 좋을 건 하나도 없었다.

그보다는 한시라도 빨리 류현신의 빈자리를 채워야 했다.

"정밀검사를 해봐야 알겠지만 엘라트라 박사의 말로는 가벼운 문제라 하더라도 재활 후 복귀까지 적어도 두 달은 걸릴 거라고 합니다."

"그렇게 되면 시즌이 다 끝나 버리잖아."

"류현신에게는 미안한 말이지만 다른 투수를 고려하지 않을 수 없을 것 같습니다."

파렐 자이디 단장이 조심스럽게 입을 열었다. 시즌 초반, 이 자리에서 류현신의 빈자리를 야디에르 알베스로 채우자는 이야기를 아무렇지도 않게 주고받긴 했지만 막상 그 이야기가 현실이 된 이상 말 한 마디, 한 마디가 조심스러울 수밖에 없었다.

"후우……."

파렐 자이디 단장의 속내를 읽은 앤디 프리드먼 사장도 길게 한숨을 내쉬었다. 그렇다고 이 상황에서 야디에르 알베스를 올리자는 말을 먼저 꺼낼 수는 없는 노릇이었다.

"누가 좋겠어?"

앤디 프리드먼 사장이 파렐 자이디 단장에게 공을 넘겼다. 파렐 자이디 단장이 야디에르 알베스를 강력 추천하진 않더라도 선택지 중 하나로 밀어 넣어준다면 말을 꺼내기가 수월할 것 같았다.

그러나 파렐 자이디 단장도 이 상황에서 독박을 쓰고 싶은 생각은 눈곱만큼도 없었다.

"글쎄요. 제 생각에는…… 임시로 로스 스트리플을 올리는 것도 좋을 것 같습니다. 호세 라이언도 괜찮을 것 같고 마땅한 대안이 없다면 다시 알렉스 우든에게 기회를 주는 것도 방법이 될 수 있겠죠."

파렐 자이디 단장이 야디에르 알베스를 쏙 빼고 후보군을 언급했다. 자연스럽게 앤디 프리드먼 사장의 표정이 굳어졌다.

알렉스 우든에 이어 류현신까지 탈이 난 상황에서 스카우터들조차 고개를 흔들어 대는 야디에르 알베스를 올렸다가 또

다시 실패하고 싶지 않다는 파렐 자이디 단장의 속내가 훤히 보인 것이다.

"후우……. 알베스는 어렵겠지?"

앤디 프리드먼 사장이 다시 한번 파렐 자이디 단장에게 미끼를 던졌다. 하지만 파렐 자이디 단장은 눈 하나 까딱하지 않았다.

"9월 이후라면 몰라도 지금은 다저스에 실질적으로 도움이 될 만한 선수가 필요한 상황입니다."

파렐 자이디 단장이 냉정하게 말했다. 이제 와 야디에르 알베스를 책임지지 않겠다는 소리는 아니었다. 다만 자이언츠를 두 경기 차이로 추격하는 지금 상황에서 야디에르 알베스를 올릴 여력은 없다고 판단했다.

게다가 류현신의 다음 등판 예정인 로키스와의 홈경기에는 한인의 날 행사가 잡혀 있었다.

수많은 한인이 경기장을 찾는 그날에 보란 듯이 류현신의 자리를 위협할 만한 재능을 갖춘 신예 투수를 선발 등판시킨다면? 100만여 한인을 전부 적으로 돌리게 될지도 몰랐다.

"일단 급한 불부터 끄시죠."

"급한 불이라니? 한인의 날 행사 말이야?"

"네, 상황이 이렇게 된 이상 일단 취소하는 게 좋겠습니다. 그게 어렵다면 건을 내세워야 할 테고요."

파렐 자이디 단장은 행사 취소가 최선이라고 말했다. 류현신의 DL 등재 소식이 곧 전해질 텐데 한인의 날 행사를 강행해 봐야 큰 주목을 받지 못할 거라 여겼다.

하지만 현실상 이제 와 행사를 취소하기란 불가능에 가까웠다.

"지금 농담하는 거지? 한국에서 연예인들까지 섭외한 와중에 무슨 수로 취소하라는 거야!"

6월 중이라는 큰 틀만 잡혀 있던 한인의 날 행사는 류현신이 내셔널스 전에서 나쁘지 않은 피칭을 선보인 직후 최종 확정됐다.

류현신이 인디언스전에서 부진하면서 구단 내부에서 긴급회의에 들어가긴 했지만 그때도 레즈전 결과에 상관없이 류현신을 한인의 날 때 선발 등판시키기로 이야기가 끝난 상태였다. 그걸 이제 와서 뒤엎기엔 다저스가 잃는 게 너무 많았다.

"그렇다면 건을 중간에서 길게 던지게 하는 건 어떨까요?"

파렐 자이디 단장이 기다렸다는 듯이 차선책을 내놓았다.

중간 계투로 나서며 박건호가 소화한 최다 이닝은 1.2이닝이었다. 그러나 현장에서는 경우에 따라서 3이닝 정도는 맡길 수도 있다는 평가를 내리고 있었다.

"류현신이 한인의 날 때 레즈전처럼 잘 던질 거란 보장은 없습니다. 오히려 인디언스전과 같은 결과가 나왔을지도 모르죠."

"그러니까 류현신을 대신해 건을 3이닝 정도 던지게 하자, 이거지?"

"네, 아니면 아예 선발로 3이닝을 던지게 하는 것도 나쁠 것 같지 않고요."

파렐 자이디 단장이 생각나는 대로 말을 이었다. 그런데 앤디 프리드먼 사장이 그 말에 꽂혀 버렸다.

"잠깐, 지금 뭐라고 했어?"

"건을 선발로 던지게 하는 것도 나쁘지 않다고요."

"그거 괜찮군그래."

앤디 프리드먼 사장이 씩 웃었다. 그렇지 않아도 박건호를 어떻게 처리해야 할지 고민 중이었는데 파렐 자이디 단장 덕분에 좋은 생각이 떠오른 것이다.

"진심으로 하시는 말씀이십니까?"

"못할 건 없지. 한인의 날이잖아. 다들 이해해 줄 거라고."

"하지만 건은 선발 경험이 없는데요."

"그러니까 이번 기회에 한번 테스트해 봐야지. 한인들이 지켜보고 있으니까 더 힘이 나지 않겠어?"

"그래도…… 현장에서 달가워하지 않을 겁니다."

파렐 자이디 단장이 걱정스런 목소리로 말했다. 그저 지나가는 말로 던져 본 것뿐인데 그걸 앤디 프리드먼 사장이 덥석 문 것이다.

정말로 박건호를 선발로 등판시킬 거라면 일찌감치 휴식을 줘야 했다. 3이닝만 던지고 강판시킨다 해도 그건 어디까지나 다저스의 사정일 뿐이다.

일회성이라고는 해도 선발 경험도 없는 불펜 투수를 억지로 선발에 기용하려면 충분한 준비 기간이 필수였다.

그렇게 되면 메츠와의 4연전에서 박건호를 쓸 수가 없게 된다. 한인의 날까지 5일이 남아 있다고 해도 구단 차원에서 등판을 허락할 수 없었다.

만에 하나 경기 중에 박건호마저 부상을 입게 될 경우 한인의 날 행사 자체가 무의미해지고 말 터였다.

이런 상황을 데빈 로버츠 감독이 좋아할 리 없었다. 하지만 앤디 프리드먼 사장은 걱정할 거 없다며 웃었다.

"어쩔 수 없는 일이잖아. 구단의 행사인데 현장에서 협조해야지. 안 그래?"

"그래도……."

"대신 젊고 쌩쌩한 투수를 보강해 주자고. 그럼 괜찮지 않겠어?"

젊고 쌩쌩한 투수라는 말에 파렐 자이디 단장이 쓴웃음을 머금었다. 그리고 그날 저녁.

[충격. 류현신 또다시 DL 등재!]

즉각적인 로스터 변경이 이루어졌다.

정밀 검사를 받아야 하는 류현신은 곧바로 DL로 자리를 옮겼다. 동시에 류현신을 대신해 박건호가 한인의 날 때 선발로 등판할 것이라는 소식이 구단 SNS를 통해 전해졌다.

ㄴ건이 선발 등판한다고? 이게 대체 무슨 소리야?"

ㄴ이 멍청아! 건도 한국인이잖아. 한인의 날이니까 깜짝 선발인 거겠지.

ㄴ하긴, 내 친구도 한국 유학생인데 류현신이 등판할 거라고 엄청 들떠 있더라고. 류현신이 DL에 올라갔으니 건이 대신 등판하는 것도 나쁘진 않겠지.

ㄴ그런데 건이 잘할 수 있을까? 선발 경험은 한 번도 없었잖아.

ㄴ한국에서는 선발로 던졌다니까 5이닝 정도는 버텨주지 않겠어?

ㄴ5이닝에 3실점 정도면 좋겠는데.

ㄴ꿈 깨. 여긴 메이저 리그야. 한국 고교 야구가 아니라고.

ㄴ그래도 모르지. 건이 불펜에서 던지는 거 보면 정말 든든하거든.

ㄴ나도 나도. 뭐랄까. 건이 다저스의 마지막 선발 자리를 꿰찰 것 같은 기분이라고.

박건호가 불펜에서 좋은 모습을 보여준 덕분일까. 갑작스런 선발 등판 소식에도 박건호의 호투를 기대하는 팬들의 목소리가 더 많았다.

하지만 정작 박건호에게 힘이 된 메시지는 따로 있었다.

-건호야, 형 몫까지 잘해라. 다시 보자.

새벽녘 이름 모를 번호로 온 문자 메시지를 곱씹으며 박건호가 주먹을 움켜쥐었다.

"네, 선배님. 꼭 이길게요."

그렇게 박건호의 메이저 리그 선발 데뷔가 현실로 다가왔다.

to be continued

어떤 사물에는 그것을 오랜 기간 사용한
사람의 잠재된 능력이 고스란히 담긴다.
그리고 난 그것을 사용할 수 있다.

천재 디자이너, 죽은 이도 살리는 명의,
감성을 울리는 피아니스트, 바람기 가득한 첩보원.
그 누구라도 될 수 있다. 단, 애장품만 있다면!

달인의 눈으로 세상을 바라보는,
유쾌한 민호의 더 유쾌한 애장품 여행기!